Jando

Die Weisheit des Regenbogens

Wegweiser des Herzens

Zum Autor:

Jando wurde 1970 im niedersächsischen Oldenburg geboren. Sein Lebensweg führte ihn vom Amateurfußball über eine Ausbildung zum Restaurantfachmann, dann über den zweiten Bildungsweg zum Studium. Er ging danach zum Fernsehen, wo er unter anderem als Drehbuchautor für diverse Produktionsfirmen arbeitete. Später war er als Creativ-Director in einer Werbeagentur tätig. Eine Krankheitsdiagnose warf ihn aus der Bahn und zwang ihn zum Nachdenken. „Weiter so“ kam für Jando nicht in Frage und er besann sich auf einen lang gehegten Traum: das Schreiben eigener Bücher. Er zog zurück ins Ammerland und veröffentlichte 2010 sein Debüt „Windträume – eine wundersame Reise zu sich selbst“. 2012 folgt das moderne Märchen „Sternenreiter – Kleine Sterne leuchten ewig“, das als Bestseller die Hitlisten stürmte. Mit „Traumflieger – Lena schreibt Briefe an Gott“ (2015), „Die Chroniken der Windträume“ (2016) und dem neuen Bestseller „Im Himmel gibt es einen Bahnhof“ (2019) schreibt Jando seine Erfolgsgeschichte fort.

Jando

Die Weisheit des Regenbogens

Wegweiser des Herzens

Mit Illustrationen von Antje Arning

KoRos Nord

Impressum

Mehr über den Autor:

www.jandoautor.com
www.facebook.com/JandoSchriftsteller
www.instagram.com/jando_autor/
www.twitter.com/jandoautor
www.youtube.com/c/JandoAutor

Kontakt zum Autor: jando@jando-autor.de

Lektorat: Antje Arning und Katharina Platz

Textkorrektur: Katharina Platz, www.textgenau.com

Umschlaggestaltung, Satz und Design: Antje Arning

Illustrationen: Antjeca www.antje-arning.de

Druck und Bindearbeiten: www.denona.hr

Gesamtherstellung: KoRos Nord GmbH
Vör de Rehgen 4, 26160 BadZwischenahn

ISBN: 978-3945908211

Schmecke den bunten, leuchtenden Regenbogen,
der sich mit seinem salzigen
feuchten Geschmack auf deine Zunge legt.
Schließ dabei die Augen und spüre,
wie deine Füße im warmen Sand versinken.
Halt dich an mir fest wie sonst auch.
Gemeinsam tauchen wir ein in die Stille.
Lass uns ein Teil der Gezeiten werden,
ein Teil der unendlichen Weiten
und frei wie der Wind.

Prolog

Leise hört man das Rauschen des Meeres. Ein leichter Sommerwind streicht sanft durch meine Haare. Ich beobachte, wie sich der Mond zur Sonne neigt, um den Abend zu begrüßen.

Nicht weit entfernt erhellen die Lichter des Leuchtturms das Meer. Ruhig liegt es da. Ich sitze an meinem geheimen Platz in der kleinen Felsenhöhle und schaue zu, wie eine Möwe mit starken, gleichmäßigen Zügen dem Mond entgegenfliegt.

Vor ein paar Jahren habe ich zufällig auf einem meiner langen Spaziergänge entlang der Felsenklippe die kleine Felsöffnung hinter einem Felsvorsprung entdeckt. Sie ist nur schwer einsehbar, man muss schon sehr genau hinschauen, um sie zu entdecken. Es sind sicherlich nicht viele, die von ihrer Existenz wissen.

Oft sitze ich hier alleine und genieße den freien Blick auf das Meer. In der Ruhe, die mich umgibt, kann ich mir selbst begegnen. Hier kann ich Gedanken sortieren und über das Leben philosophieren. Oft fallen mir dann die Geschichten ein, die mich in

meinem Leben begleiten.
Hin und wieder, wenn die Erzählungen nicht so ausgehen, wie ich es gerne hätte, erfinde ich sie einfach neu. Nein, erfinden ist dafür das falsche Wort – ich verändere sie ein wenig.

Heute ist ein ganz besonderer Tag für mich. Ihr fragt euch vielleicht: warum? Nun, ich werde es euch auf den nächsten Seiten erzählen. Doch eines vorab: Solltet ihr nicht an die große Liebe glauben oder an ihr zweifeln – sogar verzweifeln – könnte die Geschichte etwas ganz Besonderes mit euch bewirken. Glaubt mir, denn auch ich gehörte zu diesen Zweiflern. Inzwischen habe ich gelernt, dass der Liebe keine Grenzen gesetzt sind.

Natürlich gibt es auch die Menschen, die schon immer an die große Liebe glauben. Sie wissen, dass Liebe nur entstehen kann, wenn Herz und Seele frei sprechen können.

Manchmal, aber nur manchmal, gibt es im Leben auch Ereignisse, in denen Menschen durch seltsame Fügungen zueinanderfinden, um gemeinsam ihre gebrochenen Herzen und verletzten Seelen zu heilen.

Ich werde euch eine Geschichte über Trauer, Liebe, Mut und Hoffnung erzählen. Vielleicht werden manche sagen: „Da hat er aber einiges dazugedichtet.“ Andere wiederum sprechen von einem Märchen. Ich aber weiß, dass die Erzählung von Malin, Sina, Bent und dem Hund Ava so wahr ist wie die Tatsache, dass der Mond sich um die eigene Achse dreht.

Mir fallen die Worte meines Vaters ein, die er mir vor einigen Jahren über die Liebe sagte:

„Ich habe gelernt, dass man manchmal nur eine schützende Hand braucht, die einen hält, und ein liebevolles Herz, das einen versteht.“

Ich spüre, wie ein kleines Lächeln über mein Gesicht huscht. Ich zünde eine dicke Kerze aus Bienenwachs an, krame in meinem Rucksack und hole meine geliebte alte Schreibkladde hervor. Mein Stift gleitet über die erste, noch leere Seite mit den Worten:

„Es war einmal …“

Malin und Ava

Es war das Wochenende vor Ostern, als Malin und ihr Hund Ava das Pferdegestüt am Rande der Stadt besuchten. Die Schulferien hatten gerade begonnen und sie konnte endlich wieder mehr Zeit mit ihrem Pferd verbringen.

Vor einem halben Jahr hatte sich ihr sehnlichster Wunsch erfüllt: Zu ihrem vierzehnten Geburtstag schenkte ihr ihre Mutter den schwarzen Hengst. Seitdem verbrachte sie jede freie Minute auf dem kleinen Reiterhof. Ihr Hund Ava immer an ihrer Seite.

Gerade als die drei von ihrem Ausritt zurückkehrten, begann es, leicht zu schneien.

„Das zu Ostern", dachte sie laut, während sie ihr Pferd zurück in seine Box führte.

Sie klopfte sanft seinen muskulösen Hals und verabschiedete sich mit den Worten: „Mach es gut mein Großer. Wir sehen uns morgen wieder."

Ava bellte kurz zum Abschied, als sie den Stall verließen. Inzwischen schneite es stärker. Dicke kleine Flocken schwebten tanzend vom Himmel und hüllten die Landschaft in eine weiße Decke. Malin sah auf ihr Handy, um zu überprüfen, ob ihre Mutter schon angerufen hatte. Aber das Display zeigte keinen verpassten Anruf.

Malin ärgerte sich und ließ ihrem Unmut freien Lauf: „Typisch. Es hätte mich auch gewundert, wenn sie einmal pünktlich gewesen wäre! Bestimmt wieder ihre blöde Arbeit.“

Sie holte tief Luft, stapfte ungeduldig im Schnee hin und her und rief wütend: „Arbeit, Arbeit!“

Ava beobachtete Malin und wedelte dabei mit dem Schwanz. Oft hatte die Hündin ihr Frauchen in der letzten Zeit so gesehen. Sie bemerkte, dass etwas in Malin vorging, konnte es aber nicht deuten. Aber eines wusste sie: Malin war traurig und wurde dadurch immer zorniger. Wie sollte Ava auch wissen, dass Malin ihre Mutter vermisste?

Seit ihr Vater die Familie verlassen hatte und mit seiner neuen Frau nach Brasilien gezogen war, hatte sich ihre Mama in die Arbeit gestürzt. Malin bekam zwar die tollsten und teuersten Geschenke, doch die waren ihr eigentlich gar nicht so wichtig. Sie würde viel lieber mehr Zeit mit ihrer Mama verbringen.

Doch jedes Mal, wenn sie sie fragte, ob sie etwas gemeinsam unternehmen könnten, bekam sie die gleiche Antwort: „Ich bin nach der Arbeit kaputt und muss mich erholen.“

„Dann sollte sie doch einfach mal weniger arbeiten“, grollte Malin.

Ihre Mutter wurde jedes Mal richtig böse und sagte dann immer in einem vorwurfsvollen Ton: „Ich mache das doch nur für dich. Damit du jetzt und auch später ein tolles Leben hast! Ich bin ganz alleine und bei mir ist es nicht wie bei den Eltern deiner Freunde, die sich gegenseitig mal etwas abnehmen können!“

Sie ließ nie eine Diskussion zu, sondern verließ danach immer sofort den Raum.

Ava sprang an Malin hoch, die tief in düsteren Gedanken versunken war, und leckte ihr die Hände. Malin musste lachen und Ava bellte freudig.

„Ach, weißt du Ava, wenn Mama noch nicht da ist, gehen wir beide noch eine Runde spazieren. So oft haben wir nun auch nicht Schnee. Warum sich aufregen, wenn wir auch Spaß haben können?!“

Malin streifte sich schnell die Handschuhe über, kniete sich auf den schneebedeckten Boden und formte einen Schneeball. Sie rollte ihn über den Boden und er wurde rasch größer und größer.

Das gefiel Ava. Sie sprang aufgeregt um die kleine Schneekugel herum. So ging das eine ganze Weile. Inzwischen hatte die Kugel die Größe eines Medizinballs erreicht und es wurde langsam richtig anstrengend, sie vorwärts zu bewegen. Beide hatten durch den dichten Schneefall und die ganze Anstrengung nicht bemerkt, dass sie die Landstraße erreicht hatten.

Malin musste sich kurz ausruhen. Sie hockte sich auf die große Schneekugel und Ava blieb an ihrer Seite. Das wuschelige Fell von Ava war mit Schnee bedeckt. Malin blickte ihren Hund glücklich an. Bei den beiden war es Liebe auf den ersten Blick gewesen. Eines Morgens stand Ava bei ihnen im Garten. Bis auf die Knochen abgemagert, das Fell verfilzt und schmutzig. Keiner wusste, wo sie hergekommen war. Als Malin das arme Tier entdeckte, ging sie langsam auf sie zu. Beide schauten sich eine Weile einfach nur ruhig an. Dann ging Malin ins Haus, um ein wenig zu fressen zu holen. Als sie sich umdrehte, stand der Hund genau hinter ihr. Sie setzte sich zu dem Tier und gab ihr etwas zu fressen. Keiner vermag genau zu sagen, wie lange sie da saßen, aber an diesem Tag begann ihr gemeinsames Leben.

Aus dem filzigen kleinen Hund war inzwischen eine stattliche große Hündin geworden. Was alles in ihr steckte, konnte keiner genau sagen. Aber eine Mischung aus Berner Sennenhund und Australien Shepherd wäre die wahrscheinlichste Lösung. Aber das war auch Nebensache für Malin. Sie liebte ihre Hündin über alles und Ava liebte sie.

Malin erinnerte sich, was ihre Großmutter ihr und Ava erzählte, bevor sie zu den Sternen hinaufstieg:

„Echte Liebe und eine tiefe Freundschaft sind die Laternen des Lebens. Sie leuchten dir in guten wie auch in schlechten Zeiten den richtigen Weg. Es wird Tage geben, an denen ihre Lichter nicht so stark scheinen können. Dann liegt es an uns, ihnen noch mehr Liebe und Sauerstoff zum Atmen zu geben."

Malin knuddelte die eingeschneite Ava und erhob sich. Unter Ächzen und Stöhnen rollte sie die dicke große Schneekugel noch ein paar Schritte weiter, bevor ihre Kräfte sie endgültig verließen.

Der Schneefall war inzwischen so dicht, dass man im wahrsten Sinne des Wortes seine Hand nicht mehr vor Augen sehen konnte. Erst jetzt wurde Malin bewusst, dass sie sich mit ihrer dicken Schneekugel mitten auf der Straße befanden.

Ava hatte sich hingelegt und leckte an ihren Pfoten. An ihren Pfoten hatten sich kleine, schmerzhafte Eisbälle gebildet, die sie loszuwerden versuchte. Malin bückte sich zu ihr, um ihr zu helfen. In diesem Moment wurde Ava plötzlich unruhig. Sie sprang auf und legte den Kopf schief.

„Alles gut. Es dauert nicht lange. Dann bist du vom Schnee befreit“, sagte Malin und bemühte sich, ihren Hund zu beruhigen.

Doch Ava wurde nicht ruhiger. Unruhig tänzelte sie hin und her und bellte laut. Immer lauter und wilder wurde ihr Gebell, bevor sie sich von Malin losriss. Innerhalb von Sekunden war sie einige Meter von ihr entfernt.

Ava bellte jetzt wie verrückt. Malin hielt sich die Hand vor Augen, um besser sehen zu können. Auf einmal sah sie Scheinwerfer vor sich und hörte das Motorengeräusch eines Autos. Hastig wollte sie zu Ava eilen, doch in ihrer Hektik und Angst rutschte sie auf der glatten Straße aus. Ihre Füße fanden keinen Halt beim Aufstehen und sie rutschte erneut aus. Beim nächsten Versuch gelang es ihr endlich. Sie warf schnell einen Blick über ihre Schulter und blickte nur wenige Meter entfernt direkt in die Schweinwerfer eines großen Fahrzeugs.

Die entsetzliche Erkenntnis traf sie wie ein Blitz: Sie würde es nicht mehr rechtzeitig von der Straße schaffen.

Starr vor Angst duckte sie sich, schloss die Augen und erwartete den Aufprall.

Der Unfall

Der Aufprall traf sie mit voller Wucht und schleuderte sie einige Meter nach hinten.

Panisch riss sie die Augen auf und schrie. Wie durch einen Schleier sah sie in gleißende Scheinwerfer, die sie blendeten, und ein unerträglicher Schmerz in ihrem Bein ließ sie aufwimmern. Sie bemerkte noch, wie sie fiel und mit ihrem Kopf hart aufschlug. Dann wurde es dunkel.

Als sie wieder erwachte, hatte sie jegliches Zeitgefühl verloren. Benommen öffnete Malin langsam die Augen. Leicht verschwommen sah sie neben sich einen Mann telefonieren. Sie versuchte ihren Kopf zu heben, doch es war unmöglich. Der Mann beendete sein Telefonat und kniete sich neben sie. Während er eine wärmende Decke über ihr ausbreitete, redete er beruhigend auf sie ein. Doch seine Worte erreichten Malin nicht. Ihr war trotz der Decke bitterkalt, aber sie wunderte sich, dass sie keine Schmerzen spürte.

‚Habe ich einen Schock', ging es ihr durch den Kopf, ‚oder fühlt es sich so an, wenn man stirbt?'

Sie hatte schon mal über solche Ereignisse gelesen. Der Mann sprach beruhigend zu Malin. Doch das brauchte er nicht. Sie war ruhig. Ihr blieb auch nichts anderes übrig. Bewegen konnte sie sich nicht.

Ein schrecklicher Gedanke schoss ihr in den benebelten Kopf: ‚Ava! Oh mein Gott! Wo ist meine Ava? Was ist mit ihr geschehen? Wie geht es ihr?‘

Sie nahm alle ihre Kräfte zusammen und versuchte, sich zu drehen. Es gelang ihr nicht. Hilflos und verzweifelt lag sie da, unter einer Decke mitten auf der Straße im Schnee.

‚Sie stand ja schon am Straßenrand,‘ versuchte sie, sich zu beruhigen, ‚also dürfte ihr nichts passiert sein.‘

Sie versuchte, ihre Lippen zu bewegen, um den Mann zu fragen, wo Ava war, doch es fehlte ihr die Kraft dazu. Sie schloss erschöpft die Augen und sank erneut in eine tiefe Bewusstlosigkeit.

Als sie wieder erwachte, sah sie viele Menschen um sich herum und flackerndes blaues Licht, das durch den fallenden Schnee leuchtete. Sie hörte die Menschen miteinander sprechen, doch verstehen konnte sie nichts. Zwei Frauen kamen mit einer Trage und hoben Malin behutsam hinauf. Dann hörte sie jemanden verzweifelt rufen.

Es war ihre Mutter, die tränenüberströmt zu Malin lief. Sie spürte, wie die warme Hand ihrer Mutter vorsichtig ihre Wange streichelte. Dann nahm sie ihre Hand und hielt sie sanft fest. Malin versuchte erneut, etwas zu sagen.
Diesmal gelang es:„Ava. Wo ist Ava?"

Sie versuchte mühsam, den Kopf zu drehen, in der Hoffnung, Ava irgendwo zu entdecken. Sie merkte, wie der Druck von der Hand ihrer Mama stärker wurde. Die beiden Notfallsanitäter baten alle, ein wenig beiseite zu gehen, damit sie Malin sicher in den Krankenwagen bringen konnten.

Von der Trage aus konnte Malin endlich einen Blick auf die ganze Szene werfen. Und dann sah sie Ava. Sie lag mitten auf der Straße. Regungslos. Ihr Blut hatte den weißen Schnee rot getränkt.

Malin begann, wie verrückt zu schreien und zu weinen. Trotz ihrer erheblichen Verletzungen versuchte sie, sich von der Trage zu befreien. Doch sie war festgeschnallt. So schrie Malin immer lauter und lauter. Tränen liefen an ihrem Gesicht herunter. Sie bemerkte nicht einmal den Einstich der Spritze, die sie zur Beruhigung bekam.

Die Wirkung trat sehr schnell ein und Malin wurde

immer müder und müder, bis sie ihren Schmerz und die große Traurigkeit mit ins Reich der Stille nahm.

Das Erwachen

Wie lange Malin geschlafen hatte, wusste sie nicht. Als sie die Augen öffnete, konnte sie erkennen, dass sie sich in einem Krankenhaus befand.

Auf einem Stuhl am Bett entdeckte sie ihre Mutter, die dort zusammengesunken saß und schlief. Malin spürte eine feste Krause um ihren Hals, die es ihr schwer machte, den Kopf zu drehen. Sie konnte aber erkennen, dass ihr rechtes Bein hochgelegt und komplett eingegipst war. Aus dem Verband ragten zwei Stangen hervor. Ihre Arme und Beine waren mit riesengroßen blauen Flecken übersäht.

„Mama“, sagte Malin sehr erschöpft.

Ihre Mutter öffnete Augen. Als sie sah, dass Malin wach war, fing sie erleichtert an zu lächeln. Sie stand auf und umarmte Malin ganz vorsichtig.

„Ach, wie schön. Du bist wach.“, sagte sie leise zu Malin. „Ich hatte solch eine Angst um dich. Erst nach den Untersuchungen gestern Abend war klar, dass du keine bleibenden Schäden erlitten hast.“

Malins Mama musste tief durchatmen, bevor sie weitererzählte: „Schatz, du hast zwar einen sehr komplizierten Bruch im rechten Bein, aber sie haben dich gestern Nacht gleich operiert. Das hast du vermutlich gar nicht mitbekommen, weil sie dir schon auf dem Weg ins Krankenhaus ein Beruhigungs- und Schlafmittel gespritzt haben."

Malin konnte im Gesicht ihrer Mutter erkennen, wie die letzten Stunden sie mitgenommen hatten. Ihre sonst so gepflegte Mutter hatte dunkle Ringe unter ihren Augen, die vom Weinen geschwollen waren, und ihre Haare standen in alle Richtungen vom Kopf ab. Ihre Gesichtsfarbe wirkte im Neonlicht beinahe grau und sie sah sehr müde und erschöpft aus.

Sie lächelte Malin an: „Die Operation ist sehr gut verlaufen. In zwei Monaten, sagt der Arzt, kannst du schon wieder richtig laufen und die blauen Flecken sind nun wirklich Nebensache. Die können doch meine schöne Tochter nicht entstellen."

Malin lächelte gequält zurück.

„Ich kann mich gar nicht mehr so richtig an den Unfall erinnern. Ich kann mich nur an zwei Lichter und einen schrecklichen Stoß erinnern. Hast du mit dem Fahrer sprechen können? Was ist mit meiner Ava? Sie lag mitten auf der Straße. Blutüberströmt. Ist sie tot?"

Malin schaute ihre Mutter angespannt an, sie fürchtete sich vor der Antwort.

„Das Wichtigste für dich zuerst: Ava hat überlebt. Der Fahrer hat erzählt, dass sie dich vor einem Frontalzusammenstoß gerettet hat, indem sie dich mit voller Wucht angesprungen und dadurch zur Seite gestoßen hat. So konnte dich das Auto nicht voll erwischen und traf zum Glück nur dein Bein. Ava hat es aber nicht mehr geschafft, rechtzeitig wegzukommen. Sie wurde vom Wagen frontal getroffen."

Malins Mutter holte tief Luft und fuhr dann mit zitternder Stimme fort:

„Wie durch ein Wunder hat sie es überlebt. Sie wurde sofort in eine Tierarztpraxis gebracht und operiert. Ava ist jetzt noch in der Praxis. Ich werde später nach ihr schauen und sie von dir knuddeln."

Malin atmete tief durch. Ihre gute, treue Ava! Sie lebte! Und nur dank ihr hatte auch sie überlebt. Tränen liefen an ihrer Wange herunter. Langsam kehrten die Erinnerungen zurück: die Eisbällchen an Avas Pfoten, das Ausrutschen auf der Straße und das Auto, das sie im Schneetreiben zu spät gesehen hatte. Ihre arme Ava. Sie musste nun Schmerzen leiden, weil sie selbst nicht aufgepasst hatte. Dieser fürchterliche

Gedanke begleitete sie in den Dämmerschlaf, in den sie langsam wieder sank. Ihre Mutter verabschiedete sich leise und Malin schlief sofort ein.

Diesmal war es kein wirkliches Schlafen, sondern mehr ein Träumen. Sie sah sich in ihrem Traum an einem Strand sitzen und auf das offene Meer blicken. Ava lag neben ihr im warmen Sand und Malin streichelt ihr zärtlich das weiche Fell. Wellen rollten sanft an die Küste. Wasservögel zogen ihre Kreise und der Wind spielte mit ihren Haaren.

Es war ein wunderbarer, friedlicher Traum, den sie gerne mit in den Tag genommen hätte, als sie erwachte.

Im Krankenhaus

Der Aufenthalt im Krankenhaus wurde länger und länger. Zu allem Unglück entzündete sich Malins Bein und sie musste erneut operiert werden. Dieses Mal war die Aussicht auf völlige Genesung nicht mehr so sicher. Der behandelnde Arzt versuchte, sie vorsichtig darauf vorzubereiten, dass ihr verletztes Bein vielleicht nie wieder ganz verheilen und für immer steif bleiben würde.

Für Malin brach eine Welt zusammen. Was war dann mit ihren ganzen Plänen? Neben dem Reiten war die Leichtathletik das, was ihr am meisten Freude bereitete. Sie steckte gerade mitten in den Vorbereitungen für die nächste Meisterschaft und ihr Trainer hatte ihr sehr gute Chancen auf eine Medaille vorausgesagt. Er war sogar zuversichtlich gewesen, dass sie es in das Profiteam schaffen würde. Das konnte doch nicht einfach so vorbei sein! Und wie sollte sie die langen Spaziergänge mit Ava künftig schaffen? Lähmende Verzweiflung erfüllte sie und nahm ihr fast die Luft zu atmen. Wie sollte es denn nur weitergehen? Was hatte dann alles noch für einen Sinn?

Ihre erdrückenden Gedanken und Ängste teilte sie mit ihrer Mutter beim nächsten Krankenbesuch. Diese versuchte, sie zu beruhigen und sagte, dass es doch nicht so schlimm sei, weil Malin noch jung sei und sicher etwas anderes Schönes finden könnte, das sie glücklich macht. Dann erzählte sie von Ava. Aus gutem Grund hatte sie bei ihren letzten Besuchen nie etwas über den wahren Zustand von Malins geliebtem Hund gesagt:

„Weißt du Malin, dass lange Spazierengehen mit Ava ist gar nicht mehr möglich“, versuchte sie ihrer Tochter, behutsam zu erklären.

Es herrschte Stille in dem Zimmer. Malin sah ihre Mutter durchdringend, fragend an.

„Wieso?“, wollte sie wissen.

„Es ist zwar so, dass Ava den Unfall überlebt hat und auch ihre inneren Verletzungen fast verheilt sind. Aber sie zieht ihr linkes Bein nach. Es war an zwei Stellen gebrochen. Wenn sie sich lange bewegt, läuft sie eigentlich nur noch auf drei Beinen. Und dann sind da zurzeit noch die Schnittwunden an ihrem ganzen Körper, die zwar langsam heilen, ihr aber noch große Schmerzen bereiten.“

Malins Mama seufzte tief. Als sie gerade weitererzählen wollte, unterbrach Malin sie.

„Warum hast du mir das nicht früher gesagt? Ich hatte dich doch gefragt und erst jetzt kommst du mit der Wahrheit raus. Das ist so unfair von dir."

„Ich wollte dich nicht noch zusätzlich belasten. Ich wollte es dir erzählen, aber dann kam die erneute Operation dazwischen. Ich wollte unbedingt, dass du erst einmal wieder gesund wirst!", versuchte ihre Mutter zu erklären.

Malin fing an zu weinen. Schluchzend sagte sie:

„Das ist aber nicht deine Entscheidung! Es ist mein Leben und mein Hund!"

Absolute Ruhe herrschte im Raum. Nur das leise Schluchzen von Malin war zu vernehmen. Schließlich hob sie den Kopf und sagte mit kalter Stimme:

„Wie soll das bloß alles weitergehen? Jetzt hast du zwei Krüppel im Haus. Aber das kann dir ja egal sein, du bist ja eh nie da. Du hast dich ja nie für uns beide interessiert!"

Malin drehte sich weg von ihrer Mutter und vergrub ihr tränennasses Gesicht im Kopfkissen. Dann machte sie eine abwehrende Handbewegung und schrie:

„Geh! Geh zu deiner Arbeit und lass mich endlich in Ruhe“.

Hilflos stand Malins Mutter am Bett und schaute traurig auf ihre tief verzweifelte Tochter. Niedergeschlagen rang sie nach Worten, aber sie wusste darauf nichts zu erwidern. Schuldgefühle übermannten sie und gleichzeitig hatte sie den Wunsch, sich zu verteidigen. Aber ihr war bewusst, dass jedes Wort es nur noch schlimmer gemacht hätte.

Kurz bevor sie den Raum verließ, sagte sie zum Abschied:

„Wir reden, wenn du in zwei Tagen hier rauskommst, noch einmal in Ruhe darüber. Dann bist du ja wieder zu Hause. Erst einmal weiterhin gute Besserung, mein Schatz“.

Als sie die Zimmertür schloss, spürte sie, wie ihr Tränen in die Augen stiegen. Sie eilte zu einem nahegelegenen Abstellraum, verriegelte das Schloss und begann, hemmungslos zu weinen.

Schweigen

Malin wurde mit Gehhilfen aus dem Krankenhaus entlassen. Im Auto sprach sie keine Silbe mit ihrer Mutter. Alle Versuche ein Gespräch zu beginnen, verliefen erfolglos im Sande.

Als sie zu Hause ankamen, brach Malin ihr düsteres Schweigen:

„Wo ist Ava?“

Ihre Mutter erklärte ihr, dass Ava vermutlich in ihrer Hundebox sei. Dort hatte sie sich nach ihrem Aufenthalt in der Tierpraxis zurückgezogen und kam nur raus, wenn sie etwas fressen und trinken wollte oder im Garten ihr Geschäft erledigte.

Während ihre Mutter Malins Tasche aus dem Kofferraum des Autos holte, humpelte Malin mit ihren Gehhilfen zielstrebig Richtung Haus und schnurstracks ins Wohnzimmer, wo die Hundebox stand.

Malin blickte sich um und ging immer näher an die Hundehütte. Es bewegte sich etwas in der Box. Langsam wurde der Vorhang beiseite geschoben und Ava traute sich heraus. Als sie Malin entdeckte, fing ihr Schwanz leicht an zu wedeln. Von einem langen, wolligen Schwanz war aber nicht mehr zu reden. Der Schwanz war um die Hälfte kürzer und man konnte die verkrustete rosa Haut sehen.

Malin erschrak. Jetzt konnte sie Ava genau sehen, als sie hinkend aus der Hütte kam.

Am ganzen Körper war fast kein Fell mehr zu sehen. Nur die verletzte Haut. Narben, überall Narben. Das linke Schlappohr war nur noch halb da.

Malin fing an zu weinen. Eigentlich hatte sie das Bedürfnis, Ava zu streicheln, sie zu umarmen, sie zu knuddeln. Aber sie konnte nicht.Stattdessen stürzte sie weinend und humpelnd aus dem Wohnzimmer und ließ Ava alleine zurück.

Diese trottete hinkend, mit gesenktem Kopf in ihre Hundehütte zurück. Als sie sich hinlegte konnte man einen tiefen Seufzer der Traurigkeit hören.

Das alles bekam Malin nicht mehr mit. In ihrem Zimmer angekommen, schloss sie sich ein und warf sich weinend aufs Bett.

In ihrem Kopf herrschte ein fürchterliches Chaos. Gedanken voll Trauer, Zorn und Vorwürfen, aber auch Liebe, wirbelten wild durcheinander. Es schien Malin, als würde ihr Kopf explodieren. Sie wollte einfach nicht mehr, nichts mehr hören und auch mit

keinem mehr reden. Am liebsten wäre sie gar nicht mehr da. Und so geschah es, dass Malin aufhörte zu sprechen.

Ihre Mutter glaubte erst an eine Bestrafung ihr gegenüber, doch als das Schweigen länger als eine Woche anhielt und die beiden sich nur noch mit geschriebenen Worten unterhielten, suchte ihre Mutter Hilfe bei einem Psychologen. Dieser sprach von einem Trauma, wie es oft nach Unfällen auftrat, und dass Malin zu regelmäßigen Sitzungen zu ihm kommen sollte. Er war sich sicher, dass sich zeitnah eine Besserung einstellen würde. Doch auch nach mehreren, langen Sitzungen trat keine Besserung ein. Malin sprach weiterhin kein Wort. Der Psychiater riet, sie in eine Spezialklinik für Traumapatienten zu überweisen. In einer solchen Einrichtung konnte man sich rund um die Uhr um sie kümmern.

Sina war ratlos und verzweifelt. Sie spürte, wie sehr die Ereignisse auch an ihr zehrten. Mit jedem Tag verlor sie an Kraft und so beschloss sie, mit Malin und Ava für ein paar Tage an die Nordsee zu fahren. Sie hoffte inständig, dass ihre kleine Familie es vielleicht an einem anderen Ort schaffen würde, ein wenig neuen Mut zu tanken. Es war aber nicht nur

Malin, um die sich Sina große Sorgen machte. Nein, auch Ava. Seit dem Wiedersehen mit Malin fraß sie kaum noch und seit gestern verweigerte sie sogar ihr Lieblingsfutter. Jeder der sie sah, erschrak.

Sina fragte sich immer öfter, ob es überhaupt richtig gewesen war, das Tier nicht direkt nach dem Unfall einzuschläfern. Damals hatte sie an Malin gedacht und ihre besondere Beziehung zu Ava, worauf sie den Gedanken wieder verworfen hatte.

Aber nun war es so, dass Malin mit Ava nichts mehr zu tun haben wollte. Sie sah Ava nur, wenn sie sich im Haus über dem Weg liefen, und das kam selten vor, weil Ava sich so gut wie immer tief in ihrer Hundebox verkrochen hatte.

Sina

Es war ein herrlicher, warmer Sommertag, als sie die Stadt verließen und in Richtung Nordsee aufbrachen. Als sie in dem kleinen, verträumten Fischerdörfchen ankamen, wo Sina für die drei ein gemütliches Ferienhaus gebucht hatte, verschwand Malin sofort in ihrem Zimmer und auch Ava verließ ihre Hundebox nicht.

So machte sich Sina allein auf den Weg zum Strand. Sie schmeckte die salzige Meeresluft auf ihren Lippen. Sie schloss die Augen, atmete tief ein und füllte ihre Lungen mit der herrlich erfrischenden Luft. Nachdem sie den von Touristen überfüllten Strand hinter sich gelassen hatte, wanderte sie durch die raue Dünenlandschaft einen kleinen Sandweg entlang, der sie direkt wieder zum Meer führte.

Sie setzte sich in den weichen Sand und schaute in die Brandung. Sie beobachtete, wie das Meer Welle an Welle an den Strand rollen ließ. Der leichte Sommerwind spielte mit ihren langen dunkelblonden Haaren und sie spürte die warme Sonne auf ihrer Haut. Mit einem tiefen Seufzer ließ sie sich nach hinten in dem warmen Sand sinken und blickte hinauf in einen strahlend blauen Himmel. Sie spürte, wie sie innerlich ein wenig zur Ruhe kam und ließ ihren Gedanken freien Lauf.

Sie erinnerte sich an die vielen Modenschauen, an denen sie früher teilgenommen hatte. Da hatte sie damals auch ihren Mann kennengelernt. Es war Liebe auf den ersten Blick gewesen und es hatte nicht lang gedauert, da machte Malins Geburt das Glück der jungen Familie perfekt. Doch mit der Zeit lernte Sina Eigenschaften an ihrem Mann kennen, die sie vorher nicht bei ihm erlebt hatte. Er feierte die Nächte mit seinen Freunden durch und ließ seine junge Familie sehr häufig allein. Darauf angesprochen erklärte er stets, er müsse sein Leben noch genießen und eine Ehe sei ja kein Gefängnis. Auf den Einwurf, dass er auch für seine kleine Tochter da sein sollte, erwiderte er immer wieder genervt: „Dann wenn sie größer ist, bin ich für sie da. Im Moment bist du doch die wichtigste Bezugsperson für die Kleine."

Als Sina schließlich herausfand, dass er auf seinen nächtlichen Partys eine Frau kennengelernt und mit ihr eine Beziehung angefangen hatte, zog sie verletzt und enttäuscht die Reißleine und trennte sich von ihm.

Ihr Ex-Mann machte Sina große Vorwürfe und äußerte Malin gegenüber oftmals, dass ihre Mutter die Familie zerstört habe. Es dauerte eine ganze Zeit bis Malin erkannte, dass ihr Vater derjenige war, der die Familie auseinandergebracht hatte. Ganz klar wurde es Malin, als ihr Vater vor drei Jahren mit einer neuen Freundin nach Brasilien zog. Seitdem war der Kontakt endgültig abgebrochen. Mutter und Tochter hatten kein Interesse mehr. Sina verzichtete aus Stolz auf den Unterhalt. Sie wollte nichts mehr von ihrem ehemaligen Mann annehmen. Um ihre Tochter und sich ernähren zu können, begann sie, in einer Werbeagentur zu arbeiten und stieg schnell zu einer Produktmanagerin auf. Mit dem Geld, das sie verdiente, konnten Malin und sie sehr gut leben.

Sina unterbrach ihre Gedanken und richtete sich auf. Das Wasser war zurückgegangen, die Ebbe hatte eingesetzt. Sie blickte in den Himmel. Kleine Schönwetterwolken hatten sich inzwischen gebildet. Sina ließ sich wieder in den Sand sinken, der um ihre zierliche Figur eine bequeme Kuhle gebildet hatte und schloss die Augen, um dem sanften, beruhigenden Rauschen des Meeres zu lauschen. Ansonsten war es wunderbar still. Nur das Kreischen vereinzelter Möwen war hin und wieder zu hören. Ihre Gedanken wanderten zu ihrer Tochter.

Wie gerne hätte sie gewollt, dass Malin erkennen konnte, dass sie nur so viel arbeitete, damit sie beide ein gutes Leben führen konnten. Aber schon seit Jahren war das zwischen den beiden immer wieder der Anlass für Auseinandersetzungen gewesen. Sie hatten nie einen gemeinsamen Nenner gefunden und hatten irgendwann aufgegeben, bei dem Thema eine Einigung finden zu wollen.

Gerne hätte Sina es anders geregelt. Doch sie wusste nicht wie. Alles wäre so viel leichter, wenn es da jemanden an ihrer Seite gäbe, mit dem sie die Verantwortung hätte teilen können. Sina war mit ihren 37 Jahren eine bildhübsche, natürliche Schönheit mit zahlreichen Verehrern. Mit manchen hatte sie sich sogar verabredet, aber der Richtige war nie dabei. Sina war überzeugt, dass es an ihr liegen musste. Sie hatte eine klare Vorstellung, wie ihr Traummann sein sollte. Sein Aussehen spielte dabei keine so große Rolle. Sie suchte einen Mann, auf den sie sich verlassen konnte. Der da war, wenn sie ihn brauchte, und ihr in stürmischen Zeiten Halt gab. Mit dem sie lachen und weinen konnte und der es ehrlich meinte. Sie hoffte, irgendwo da draußen gab es ihn und sie würde ihn eines Tages finden. Es würde ihr nicht nochmal passieren, dass sie auf einen Schauspieler, wie es ihr Exmann war, reinfallen würde.

Dem war sich Sina bewusst und bevor sie die Augen wieder öffnete, erinnerte sie sich, was ihre leider viel zu früh verstorbene Mutter einst über die Beziehung zu ihrem Mann gesagt hatte:

„Eine Beziehung beginnt als Wunsch mitten im Herzen. Sich entfalten und beständig werden kann sie aber nur, wenn die Worte mit dem Handeln übereinstimmen".

Wie recht ihre Mama hatte.

Eine direkt über ihr unvermittelt kreischende Möwe riss sie aus Gedanken. Sina stellte erstaunt fest, wie schnell die Zeit vergangen war. Die Sonne am Horizont begann bereits, langsam unterzugehen. Sie dachte an Malin und Ava. Bestimmt waren beide noch an ihren Rückzugsorten. Daher beschloss Sina noch bis zur Dünenrundung am Ende des Strandes zu laufen, um sich den Sonnenuntergang von dort anzuschauen. Nach einigen Minuten hatte sie ihr Ziel erreicht und kletterte auf die Düne, um eine bessere Aussicht zu haben.

Oben angelangt, hatte sie einen erhabenen Blick auf das offene Meer. Die untergehende orangerot leuchtende Sonne hatte schon fast den Horizont erreicht. Sie schien direkt im Meer zu versinken. Ihr leuchtender Feuerball spiegelte sich in der Meeresoberfläche. Ein fantastisches Schauspiel der Natur.

In diesem Moment erinnerte sich Sina an etwas, das ihre Mutter einmal vor vielen Jahren, als beide einige Tage auf einer Insel verbrachten, gesagt hatte. Damals hatten sie zusammen im warmen Sand gesessen und gemeinsam dem Sonnenuntergang zugesehen.

„Weißt du mein Mädchen, wenn du dich alleine fühlst und deine Ängste wachsen, denke immer an diesen herrlichen Sonnenuntergang. Er kann dir Hoffnung geben. Warte auf die Sterne, die am Himmel erscheinen werden. Sie werden dir den Weg leuchten. Hier im Norden sagen die alten Schiffer: Wenn du deinen Weg suchst, schau hinauf in die Sterne. Sie führen dich zum Ziel. Das ist so sicher, wie dass auf Ebbe die Flut folgt.“

Sina beobachte gedankenversunken den wunderbaren Sonnenuntergang. Warum dachte sie ausgerechnet jetzt so oft an ihre Mutter?

Gerade als sie versuchte, darauf eine Antwort zu finden, riss sie lautes Hundegebell aus ihren Gedanken. Sie drehte sich in die Richtung, aus der das Gebell zu kommen schien und sah einige Meter entfernt, hinter der Dünenlandschaft, ein altes Friesenhaus. Vor dem Haus lag ein Fischerboot. Neben diesem stand ein Mann, der mit zwei Hunden spielte.

Das Toben ging schließlich in Streicheleinheiten über, als sich der Mann auf den Boden fallen ließ und die Hunde sich rechts und links von ihm auf seine ausgestreckten Arme legten. Sina beobachte gerührt die Szene, die eine ganze Weile andauerte, bis der Mann sich erhob und den beiden Hunden zurief: „So ab geht es, ihr Streuner."

Die Hunde wedelten freudig mit dem Schwänzen und trollten sich ins Haus. Der Mann wandte sich seinem Boot zu und griff gerade nach der Schleifmaschine, als er hoch in Richtung der Dünen blickte und Sina entdeckte. Sina fühlte den durchdringenden Blick des Unbekannten auf sich. Deshalb hob sie den Arm und winkte ihm zu.

Erst passierte gar nichts. Keine Reaktion. Doch dann hob der Mann seinen Arm, winkte zurück und rief: „Komm doch runter! Der Sonnenuntergang ist vorbei“.

‚Seine ruhige, tiefe Stimme klingt ein wenig schelmisch,‘ dachte sich Sina, ‚aber auch irgendwie sehr sympathisch.‘

Und so machte sie sich auf den Weg zu ihm.

Bent

Sina wollte gerade das Tor öffnen, als sie wildes Hundegebell hörte. Bestimmt fünf Hunde kamen an das Gartentor geschossen und bellten wie verrückt. ‚Wo kommen die denn auf einmal alle her?,' dachte sich Sina.

Auf einmal hörte das Gebell auf und die Tiere bildeten eine kleine Gasse, durch die ein großer, zotteliger Hund auf Sina zuschritt. Er war schon eine beeindruckende Erscheinung. Durch seine Art sich zu bewegen und die Farbe seines Fells, hätte man ihn im ersten Moment für einen Löwen halten können. Er schaute Sina direkt in die Augen und mit einem tiefen Bellen baute er sich vor ihr auf. Sina, die vor großen Hunden keine Angst hatte, bewunderte das mächtige Tier. Dann ertönte ein Pfiff und die Hunde verschwanden. Der große Hund wartete bis alle anderen Tier sich zurückgezogen hatten und schritt dann zu dem Mann, der das Ganze beobachtet hatte. Er rief Sina zu:

„Komm rein. Wie ich sehen konnte, hast du keine Angst vor Hunden. Dann brauche ich auch nicht den allseits beliebten Satz „Sie tun nichts“ sagen.“ Er grinste dabei.

Sina kam näher. Die beiden Hunde, mit denen er vorhin getobt hatte, standen links und rechts neben ihm. Der Löwenhund war einer davon. Sina betrachte den Mann. Aus seinen blauen Augen blickte er sie freundlich an. Seine blonden Haare waren an den Schläfen leicht ergraut. Ansonsten konnte man in seinem Gesicht lesen, dass er sehr oft draußen sein musste. Seine Haut war wettergegerbt und seine muskulöse Statur verriet, dass er viel körperlich arbeiten musste. Sein Lächeln ließ Sinas Herz ein klein wenig höher schlagen. Früher hätte Sina es als „süß“ bezeichnet.

„Hast du dich verlaufen?“, erkundigte sich der Mann.

„Oh, was für eine schöne, ruhige Stimme“, dachte sich Sina.

„Nein, wie Sie schon sagten, wollte ich nur den Sonnenuntergang von den Dünen aus beobachten“, antwortete sie.

Das Lächeln des Mannes wurde breiter und es war ansteckend, sodass Sina mitlächelte.

„Also hier sagen wir alle du. Ich bin Bent,“ grinste

er und reichte ihr die Hand.

„Sina", antwortete sie und schüttelte seine Hand.

Der Händedruck war fest, aber nicht zu fest, um unangenehm zu sein. Seine Hand war eher weich, was Sina doch ein wenig irritierte. Hatte sie doch mit rauer Haut gerechnet.

Beide schauten sich an. Sina versuchte, den Gesprächsfaden wieder aufzunehmen.

„Ich habe dich da unten mit den beiden Hunden gesehen. Der links von dir ist doch ein Labrador?"

Bent schaute den braunen, glatthaarigen Hund an, der sofort seinen Blick liebevoll erwiderte.

„Ja, das stimmt. Darf ich vorstellen: Das ist Piet." Er deutete auf den Labrador.

„Und das ist Fiete. Den hast du ja gerade kennengelernt."

Der Hund, der seinen Namen gehört hatte, setzte sich und leckte die Hand von Bent kurz ab.

„Was ist Fiete denn für eine Rasse. Für einen Golden-Retriever ist er viel zu groß."

„Oh, du scheinst dich mit Hunden gut auszukennen. Fiete ist ein Hovawart mit einer Löwenfellprägung. Es kommt oft vor, dass er mit einem Goldi verwechselt wird. Dabei sind sie vom Wesen sehr unterschiedlich“, sagte Bent und lächelte. Ihm schien das Gespräch zu gefallen.

„Und die ganzen anderen Hunde. Sind das auch deine?“, wollte Sina wissen.

„Nein, nein, das wäre nun wirklich zu viel. Zwei reichen mir. Die Hunde werden von den Besitzern bei mir abgegeben, weil sie Probleme mit ihnen haben. Da ich schon seit meiner Kindheit einen sehr guten Draht zu Hunden habe, fällt es mir nicht schwer, den Besitzern zu sagen, was ihrem Hund fehlt.“

Bent machte eine kurze Pause und fuhr dann fort.

„Eigentlich ist es ganz einfach: In den meisten Fällen liegt es am Menschen selbst. Es fängt schon bei der Überlegung an, sich einen Hund zuzulegen. Nicht jeder Hund passt zu den Vorlieben der Menschen. Ein Hund ist ein Lebewesen und möchte auch als dieses gesehen werden. Es verhält sich da wie bei uns Menschen. Wir suchen Liebe, Nähe und enge Freundschaften. Bekommen wir diese aus einem Grund nicht, werden wir traurig, zornig und machen komische Dinge, um Aufmerksamkeit zu bekommen.“

Bent überlegte kurz und schaute Sina dabei fragend an:

„Interessiert dich das überhaupt?“

„Sehr sogar,“ antwortete Sina und lächelte ihn an.

Bent deutete Sina, sich zu setzen, was Sina verwirrte. Es waren keine Stühle zu sehen. Bent machte es sich auf dem Rasen im Schneidersitz gemütlich und zündete eine Matrosenleuchte an, die vor ihm auf dem Boden stand. Er ludt sie erneut ein, sich zu setzen. Ebenfalls im Schneidersitz hockend, hörte sie Bent weiter zu.

„Was ich auch oft erlebe, ist, dass Menschen bei mir vorbeikommen und mir sagen, dass ihr Hund viel zu wild ist. Was man denn machen könnte, ihn ruhiger zu bekommen. Schau dir doch mal Piet an.“

Inzwischen hatten Fiete und Piet sich neben Sina und Bent gelegt. Jedes Mal, wenn ihr Name fiel, schauten sie die beiden mit großen Augen an.

„Piet ist ein Labrador. Labradore sind vermutlich die liebsten Hunde der Welt, aber auch einige der agilsten. Ein Labrador braucht viel Bewegung. Wenn Berufstätige ohne größere Kinder erst am Abend nach Hause kommen und der Hund sechs Stunden alleine war, braucht er seinen Auslauf. Das ist bei jedem Hund gleich. Aber es gibt die unterschiedlichsten Hunderassen. Einige brauchen weniger Auslauf,

manche mehr."
Bent schaute dabei Piet und Fiete an.

„Das sind dann Situationen, in denen ich nicht viel helfen kann. Ich sage dann immer den Besitzern, dass sie sich ihr Fahrrad schnappen sollen, oder mit dem Joggen anfangen sollen. Das tut dann Mensch und Tier gut."

Sina und Bent mussten beide gemeinsam lachen.

Dann erzählte Bent weiter:

„Schließlich gibt es dann noch die Besitzer, die zu mir kommen und nicht mehr weiter wissen, weil ihr Hund so aggressiv geworden ist. Meistens geht der Satz immer damit los: Früher war er nicht so. Stimmt, kein Hund ist von Geburt an böse. Es liegt immer an der Erziehung. Und da komme ich wieder zu dem Vergleich mit uns Menschen. Wir werden auch nicht böse geboren. Aber trotzdem gibt es so viel Übel auf der Welt. Es ist die Erziehung und die Menschen, mit denen wir uns täglich umgeben. Sie prägen uns und auch die Werte, die ein jeder in sich trägt. Genauso verhält es sich auch bei den Hunden. Wenn ein Hund also verhaltensauffällig geworden ist, kann ich ihm nicht von einem Tag auf den anderen helfen. Es muss erst wieder Vertrauen und Zuneigung aufgebaut werden und das funktioniert auch nur zusammen mit seinem Besitzer. Es muss herausgefunden werden, wodurch die Seele des Hundes einen Knacks erlitten hat. Dabei versuche ich mitzuhelfen, damit die Seele des Tieres wieder heilen kann. Auch da bestehen Gemeinsamkeiten zu uns Menschen. Doch könnte es für uns Menschen viel leichter sein als für die Hunde. Wir müssen nur versuchen, nach unseren eigenen Wünschen und Fähigkeiten zu leben. Umso größer ist die Chance, dass wir einen freien und liebevollen Charakter entwickeln. Der Weg dahin mag steinig sein, aber so können wir ein ganz wichtiges Ziel unserer Seele erkennen: die Liebe zu uns und zu unseren Mitmenschen."

Bent machte eine kurze Pause und atmete tief durch. Sina konnte ihren Blick nicht von Bent lassen. Seine Ausführungen hatten ihr Herz berührt. Nie waren ihr die Zusammenhänge so klar gewesen und in ihr keimte der Gedanke auf, wie einfach alles sein könnte, wenn man bei sich selbst anfangen würde.

Der Hundeflüsterer

Bent schaute seinen Hovawart Fiete liebevoll in die Augen.

„Ach, das habe ich noch vergessen. Es gibt auch Hunde, die mit einem angeborenen Instinkt zur Welt kommen. Sie müssen bewachen, beschützen, aber auch richtig dolle geliebt werden."

Bent streichelte Fiete zärtlich durch das dichte, wollige Fell.

Solche Hunde sollten tatsächlich nur von Menschen ausgesucht werden, die langjährige Erfahrung mit diesen Hunderassen haben. Schau dir Fiete an. Er liegt da jetzt wie so ein kleiner Schmusehund – was er auch ist."

Bent grinste Fiete an.

„Aber lass mal einen Fremden vorbeikommen. Dann ist hier richtiger Alarm. Sobald Fiete einen Menschen oder Hund als Familienmitglied akzeptiert hat, würde er für jeden Einzelnen von ihnen sein Leben geben. Das ist sein Naturell, er kann nicht anders. Aber das Wichtigste am Tag sind die Schmuseeinheiten für Pit und Fiete. Sie sollen an jedem Tag meine Liebe spüren, die ich von ihnen jede Minute am Tag zurückbekomme.

Und nun ziehe ich erneut einen Vergleich zu uns Menschen:

„Selbst wenn wir nicht viel Materielles besitzen, so tragen wir doch den größten Reichtum in unseren Herzen -die Kraft der Liebe. Sie schafft es andere zu beschenken und so an jedem Tag an Reichtum dazuzugewinnen."

Sina schaute Bent an. Es war nicht nur schön und so wahr, was Bent erzählte. Nein, es hatte was von Poesie, wie er erzählte. Sina fühlte eine nie gekannte Geborgenheit in seiner Nähe. Doch sie rief sich selbst zur Vernunft, weil das nach so einer kurzen Zeit nicht sein konnte. Aber sie hatte Vertrauen zu Bent gefasst und daher wagte sie es, ihn in ihr Herz schauen zu lassen:

„Ich fand das wunderschön und interessant. Ich kann das alles sehr gut nachempfinden."

Sina holte tief Luft und erzählte ihm von Malin und Ava. Bent hörte sich ihre Ausführungen aufmerksam an und ließ Sina dabei keinen Augenblick aus den Augen.

Als sie sich alles von der Seele geredet hatte, musste

sie erst einmal tief durchatmen. So offen hatte Sina noch mit keinem darüber gesprochen.

Die Matrosenleuchte flackerte sanft in der Dunkelheit und spendete warmes Licht.

„Was meinst du? Würdest du dir Ava morgen einmal anschauen?“, wollte Sina wissen.

Ruhe umgab die beiden. Nur das Meer rauschte in der Ferne und die Blätter der Bäume raschelten leise im sanften Abendwind. Eine kurze Weile schwiegen sie beide. Bent nickte und sagte:

„Ich mache es. Es geht aber nur mit euch drei zusammen. Ich kann Ava nur helfen, wenn ihr dabei seid. Tag und Nacht. Ich habe ein Gästezimmer im Haus. Das kannst du nutzen. Deine Tochter wird bei den Hunden im Stroh schlafen. Nur so könnte es klappen.“

Sina brauchte nicht lange zu überlegen.

„Ja, wir sind morgen im Laufe des Vormittages da. Ich muss allerdings erst morgen früh Malin davon überzeugen. Aber das wird schon klappen“, sagte sie und freute sich.

Sina schlug sich auf einmal mit der flachen Hand vor die Stirn.

„Oh, nein. Ich habe durch unser wunderschönes

Gespräch die Zeit vergessen. Malin und Ava sind allein im Ferienhaus. Ich sollte unbedingt nach den beiden schauen", rief sie aufgeregt.

„Ich werde dich mit Fiete und Piet begleiten. Es ist hier zwar nicht gefährlich, aber verlaufen kann man sich schon", erwiderte Bent.

Sina nahm das Angebot dankend an. Gemeinsam gingen sie am Meer entlang in Richtung des kleinen Dorfes, in dem ihr Ferienhaus stand. Das sanfte Licht des Mondes begleitete die vier und die funkelnden Sterne am Himmel leuchteten ihnen den Weg. Beide schwiegen. Keiner hatte das Verlangen zu reden. Sie genossen einfach den gemeinsamen Spaziergang durch die abendliche Ruhe.

Die ersten Lichter des Ortes waren zu sehen, als Bent die Stille unterbrach. Er deutete zum dunkelblauen Himmel, wo drei Sterne heller funkelten als die anderen:

„Mein Urgroßvater war Seefahrer und hat viele Kontinente bereist. Er sagte einmal zu mir:

„Wenn wir in den Abendhimmel sehen, können wir Sterne funkeln sehen. Ihr Vater, der Mond, behütet sie und in dunklen Zeiten schenkt er ihnen noch mehr Liebe und Strahlkraft. Und am Tag leuchtet ihre Mutter, die Sonne. Sie erschafft das nicht enden wollende Licht für ihren geliebten Mann und ihre wundervollen Kinder. So können sie selbst die dunkelste Nacht erhellen und den Menschen helfen, neuen Mut und Hoffnung, ja, sogar Liebe zu finden."

Bents Blick, mit dem er Sina tief in die Augen sah, war unergründlich. Dann sagte er leise zu ihr:

„Hinter der nächsten Düne liegt dein Haus. Fiete und Piet begleiten dich, bis du im Haus bist. Sie holen mich auf dem Rückweg so oder so wieder ein." Er lächelte.

Sina, noch ganz in seinen Worten und seinem Blick versunken, murmelte nur:

„Ja, alles klar."

Bent schüttelte ihr zum Abschied die Hand, gab den Hunden das Kommando, mit Sina mitzugehen und verabschiedete sich mit den Worten:

„Dann bis morgen."

Er machte kehrt und ging den Weg zurück. Sein Blick war immer wieder hoch in den Sternenhimmel gerichtet.

Sina wurde von Fiete und Piet sicher nach Hause geleitet. Während des restlichen Weges ließ sie die letzten Minuten noch einmal Revue passieren. Das, was Bent über Sonne, Mond und Sterne gesagt hatte, hatte so wundervoll poetisch geklungen. Es hatte ihr Herz berührt und sie zum Nachdenken angeregt. Bei dem Gedanken an die Begegnung mit Bent spürte sie in ihrem Inneren ein leichtes Kribbeln, so als ob klitzekleine Schmetterlinge fröhlich durcheinander tanzen würden. Sina wusste genau, was dieses Gefühl bedeutet. Aber sie wollte es nicht wahrhaben. Es gab im Moment so vieles, das sie in Ordnung bringen musste und ihr fehlte zudem die Kraft, eine weitere Enttäuschung zu ertragen.

Als sie die Tür ihrer kleinen Reetdach-Kate aufschloss, machten die Hunde kehrt und jagten zurück. Sina betrat das Haus. Weder Ava noch Malin waren zu sehen. Jeder saß sicher allein für sich in seiner Schutzzone und litt still vor sich hin.

Sina ging in das kleine gemütliche Wohnzimmer, ließ sich in einen der bequemen Ohrenbackensessel sinken und ließ ihren Gedanken freien Lauf. Was für ein Tag! Im Moment tiefster Verzweiflung und Hilflosigkeit begegnete ihr plötzlich dieser Mann mit seinen Hunden. Und mal davon abgesehen, dass er einen sehr sympathischen Eindruck machte, kehrte mit ihm die Hoffnung zurück, dass sich doch noch alles in ihrer kleinen Familie wieder zum Guten wenden könnte. Wenn ihr das jemand am Morgen prophezeit hätte, hätte sie ihn sicherlich für verrückt erklärt.

Müde erhob sie sich und machte sich auf den Weg ins Bett. Vorher schaute sie nach Malin und Ava. Beide schliefen bereits. Jeder allein für sich in seinem selbst gewählten Unterschlupf.

Bevor sie einschlief, dachte sie noch an den morgigen Tag und wünschte sich so sehr, dass Bent Malin und Ava würde helfen können. Beim Gedanken an ihn spürte sie wieder das leise Kribbeln im Bauch. Sina beschloss, es nicht länger zu unterdrücken. Sie freute sich, Bent wiederzusehen.

Hoffnung

Am nächsten Morgen beim Frühstück erzählte Sina ihrer Tochter von der gestrigen Begegnung mit Bent. Sie schilderte Bents Fähigkeit, Hunden zu helfen und der Notwendigkeit, eine Weile zu ihm zu ziehen, damit er mit Ava arbeiten konnte.

Dass es dabei auch um Malin ging, ließ sie lieber vorerst unerwähnt. Malin nahm die Worte ihrer Mutter ohne Regung zur Kenntnis. Teilnahmslos saß sie da und schaute aus dem Fenster. Schließlich erhob sie sich, ging in ihr Zimmer, packte ihre Koffer und wartete dann im Auto, bis Sina mit der Hundebox und Ava kam.

Sina und Malin wurden von Bent freundlich vor dem Gartentor begrüßt. Malin musterte Bent misstrauisch von oben bis unten. In diesem Moment ging das große Bellen wieder los. Sina kannte es noch zu gut vom gestrigen Abend und es endete auch genauso wie gestern. Fiete blickte mit seinen aufmerksamen Augen durch das Tor und bellte einmal laut. Als er Sina entdeckte, bellte er noch einmal. Dieses Bellen klang viel freundlicher als bei ihrer ersten Begegnung. Auch Malin reagierte auf Fiete. Sie blickte den großen Hund an, der sie fixierte und langsam wegtrottete.

„So, begrüßt haben wir uns dann jetzt ja alle", rief Bent lachend. „Dann gehen wir doch rein in den Garten." Da war es wieder, dieses unwiderstehliche Lächeln, das Sina so sehr gefiel.

Er griff in die Hundebox, in der Ava sich befand und ging mit ihr voraus. Er stellte die Box mitten im riesigen Garten auf, entriegelte die Tür und öffnete sie langsam. Wenn Ava wollte, konnte sie nun jederzeit herauskommen. Sobald Bent den Hunden mit einem Zeichen die Erlaubnis erteilt hatte, scharrten sie sich alle neugierig um die Box. In etwas Abstand standen Fiete und Piet und beobachteten aufmerksam die Meute. Immer bereit, um eventuell einzugreifen, wenn einer es mit der Neugierde übertreiben sollte. Es wurde geschnüffelt, gebellt und in die Box gebissen. Doch in der Hundehütte rührte sich nichts.

„Okay", sagte Bent nach einer Weile. ,,Dann ist Ava noch nicht so weit. Irgendwann wird sie rauskommen. Wir sollten ihr alle die Zeit geben."

Bent gab Fiete und Piet ein Zeichen. Beide gingen langsam auf die Box zu. Als einer der anderen Hunde dies bemerkte, wich er zurück, die anderen taten es ihm nach.

Bent grinste Sina und Malin an. Ihm entging nicht, dass Malins Gesicht nicht mehr ganz so versteinert schien wie bei der Ankunft.

„Wie ihr sehen konntet, gibt es auch bei Hunden Regeln, die befolgt werden müssen. Ich nenne die beiden auch gerne mal „meine Hundepolizei".

Bent lachte. Sein lautes Lachen löste die noch immer vorhandene Anspannung bei Malin und Sina. Sina ließ sich anstecken und lachte ebenfalls. Malin blieb stumm. Doch Bent blieb ihr kleines, aber kurzes Lächeln nicht verborgen.

„Bringt doch schon mal die Koffer in eure Schlafräume. Ich bereite den Grill vor. Ich war heute Morgen schon früh draußen auf dem Meer und habe frische Schollen! Die kann man wunderbar auf den Grill legen und dazu Pellkartoffeln mit Seefahrerdip Es gibt nichts Besseres. Das garantiere ich euch. Ich hoffe, ihr habt Hunger mitgebracht!"

Beide Frauen nickten. Sina ging mit ihrem Koffer ins Haus, nachdem Bent ihr gesagt hatte, wo sich ihr Zimmer befand. Malin wollte gerade ihrer Mutter folgen, als Bent sagte:

„Hat deine Mutter vergessen, dir das zu sagen? Du schläfst bei den Hunden in der Scheune. Ich habe dir extra viel Stroh geholt, woraus du dir ein gemütliches Bett bauen kannst. Eine Luftmatratze gibt es auch, falls dir das besser gefällt. Ach, und bevor ich es vergesse: Ich brauche bitte eure Handys. Für den Zeitraum, in dem ihr hier seid, darf es überhaupt keine Ablenkung geben. Kein Telefonieren, kein Chatten und keine E-Mails."

Bents Ton ließ keinen Widerspruch zu. Man konnte ihm ansehen, dass es ihm Ernst war.

Sina, die genauso überrascht war wie ihre Tochter, stellte ihr Handy aus und übergab es Bent.

Bent drehte sich zu Malin um, die eifrig etwas auf ein Blatt Papier schrieb und es dann Bent übergab.

In dicken Druckbuchstaben stand da:

„Wie Sie bestimmt von meiner Mutter wissen, habe ich meine Stimme verloren. Mein Handy brauche ich, um zu kommunizieren. Warum soll ich allein in der Scheune schlafen?"

Bent griff in seine Hosentasche und holte einen Zettel hervor, den er am heutigen Morgen in weiser Voraussicht für Malin geschrieben hatte. Sanft, aber bestimmt sagte er zu ihr:

„Du kommunizierst doch gerade mit mir. Also brauchst du dein Handy nicht. Es ist keine Bestrafung für dich, in der Scheune zu schlafen. Es ist wichtig für deinen Hund. Wenn du nach einer Nacht meinst, du willst nicht mehr in der Scheune sein, geht das in Ordnung. Dann bekommst du ein Zimmer im Haus. Einverstanden? Und sag bitte nicht, dass du alleine bist oder Angst hast! Alle Hunde leisten dir dort Gesellschaft und beschützen dich."

Malin schaute Bent mit großen Augen an und nickte schließlich zögernd. Bent gab ihr den Stift zurück und steckte den Zettel in seine Hosentasche. Malin deutete aufs Bents Hosentasche.

„Du willst den Zettel zurückhaben und lesen, was ich geschrieben habe?"

Malin nickte energisch.

Bent lächelte sie väterlich an:

„Hättest du jetzt zu mir gesagt, dass du nicht bei den Hunden schlafen willst, hätte ich ihn dir gegeben."

Er zwinkerte ihr zu und ging ins Haus, um die Schollen aus der Küche zu holen. Auf dem Weg begegnete ihm Sina, die wissen wollte, was auf dem Zettel stand.

Bent gab ihr den Zettel und sagte leise zu ihr: „Vielleicht möchtest du deiner Tochter den Zettel irgendwann geben.“ Dann machte er sich auf den Weg zum Grillplatz hinter dem Haus.

Sina setzte sich in der Küche auf einen Holzstuhl und las zuerst Malins Frage und dann Bents Antwort:

„Liebe Malin,

ich weiß du fühlst dich einsam, unverstanden, hast Angst und machst dir große Vorwürfe. Ich kann einige Gefühle davon gut verstehen. Doch eines vermag ich jetzt schon zu sagen: Du bist ein wunderbares Mädchen und irgendwann, wirst du es selbst bemerken. Aber deine beste Freundin braucht nun ganz dringend deine Hilfe. Wenn du Ava jetzt nicht beistehst, wie sie dir beim Unfall beigestanden hat, kann es morgen schon zu spät sein. Ja, du hast richtig gelesen. Du darfst dir keine Vorwürfe wegen Ava machen. Sie hat dir dein Leben gerettet und ihres dafür fast geopfert. Und sie würde es jederzeit wieder machen. Sie liebt dich bedingungslos und es ist ihr egal, ob sie hinken muss oder nicht mehr so knuffig aussieht wie früher.

Ava will nur deine Nähe, deine Liebe und genau diese hast du ihr verweigert, weil du dachtest, es wäre das Beste für euch beide und du mit deinem Schmerz nicht umgehen konntest. Doch ihr gehört für immer zusammen. Ihr braucht euch gegenseitig. Tief in deinem Inneren weißt du es.

Versuche es und du wirst merken, wie schön das Leben für euch beide wieder sein kann. Glaube mir, ich weiß worüber ich schreibe. Gefühle, die wir besitzen, sind ein wunderbares Geschenk. Es gibt gute und schlechte. Je mehr wir auf sie hören, vertiefen wir unsere Stimmungen. Sie zeigen uns, auf welchem Weg wir uns befinden. Und jetzt musst du den Weg mit deiner positiven inneren Stimme einschlagen.

Für dich und Ava!"

Sina wischte sich eine Träne aus dem Augenwinkel. Sie faltete den Zettel vorsichtig zusammen und verstaute ihn sicher im Koffer.

Viele Gedanken schossen ihr gleichzeitig durch den Kopf. Da war sie bei so vielen Ärzten gewesen und nun kam Bent, der ihre Tochter anscheinend gut verstehen konnte, und es sah danach aus, dass er einen

Zugang zu ihr gefunden hatte. Über die anderen Gefühle, die Bent noch nicht erklären konnte, wollte sie ihn in einer ruhigen Minute befragen. Bent ging Sina nicht mehr aus dem Kopf. Fragen über Fragen stellte sie sich:

‚Er scheint alleine zu leben. Es ist keine Ehefrau oder Freundin zu sehen. Auch im Haus deutet nichts auf eine Frau hin. Warum hat so ein sympathischer, bodenständiger Mann keine Partnerin? Woher kommt diese Melancholie, die oft in seinen Sätzen zu hören ist?‘

Dann kam die Frage auf, die sie eigentlich schon gestern Abend geklärt hatte:
‚Bent ist doch eigentlich genau der Typ Mann, den du dir immer gewünscht hast. Also versuche doch dein Glück. Ach, du bist und bleibst eine Träumerin. Wir sind hier, um Ava zu helfen, und wenn er es auch noch schafft, Malin wieder ins Leben zurückzuholen, kann ich doch gar nicht mehr erwarten.‘

Gerade als sie ihre Selbstbefragung beendet hatte, fiel ihr ein weiterer Rat ihrer Mutter ein. Sie saßen damals auf der kleinen Bank unter dem alten Kirschbaum in Mutters Garten und hatten über das Auf und Ab des Lebens philosophiert:

„Das Glück zu suchen, ist ein langer Weg. Um nicht unterwegs von diesem abzukommen, müssen wir öfter mal innehalten, damit die Seele sich öffnen kann. Wir sollten ihrer Botschaft genau lauschen, denn sie ist der Spiegel des Lebens. Wenn wir sie richtig verstehen, werden wir Gefühle von Liebe und Zufriedenheit erfahren. Unser Bewusstsein wird sich erweitern und die Freude am Glück beginnt."

‚Das ist doch ein guter Plan', dachte sich Sina lächelnd.

Erinnerungen

Bent hatte in der Zwischenzeit Ava Futter und einen Napf mit frischem Wasser vor die Box gestellt. Nicht weit entfernt lagen Fiete und Piet und passten genau auf, dass keiner der anderen Hunde in die Nähe kam.

Während des Grillens verging die Zeit wie im Fluge. Die meiste Zeit erzählte Sina offen über ihr Leben, was sie selbst sehr verwunderte, da sie eigentlich nicht sehr gerne über sich sprach. Vielleicht lag es aber daran, dass Bent ein guter Zuhörer war. Malin hatte es sich auf dem Rasen bequem gemacht und las in einem Buch. Hin und wieder blickte sie auf und beobachtete ihre Mutter. Dass sie so offen sprach, überraschte sie. Irgendwann unterbrach Bent die Unterhaltung und sagte, er wollte noch ein wenig an seinem Boot arbeiten, damit er es morgen wieder zu Wasser lassen konnte.

Bis spät in die Nacht arbeitete Bent an seinem Boot. Vier Matrosenleuchten spendeten ihm Licht. Sina beobachtete aus ihrem Zimmer, wie Bent immer wieder um das Boot herumging und noch kleine

Ausbesserungen vornahm. Sina atmete tief durch und spürte wieder dieses Kribbeln. Für morgen hatte sie sich vorgenommen, mehr über Bent zu erfahren. Sichtlich müde, aber auch glücklich, legte sich Sina ins Bett und schlief sofort ein.

Malin hatte sich schon am frühen Abend in der Scheune etwas eingerichtet. Sie hatte sich aus Stroh ein gemütliches Bett hergerichtet. Aus einer Wolldecke hatte sie sich ein Kopfkissen gefaltet, die andere nahm sie zum zudecken. Doch schnell hatte sie die Decke beiseitegelegt, denn es war ein warmer Sommerabend.

Nach und nach traten auch die Hunde an ihr Nachtlager. Jeder begrüßte Malin auf seine Art und Weise. Einer kam zu ihr und stupste sie sanft mit der Nase an, um sich eine Schmuseeinheit abzuholen. Ein anderer leckte ihr schwanzwedelnd die Hand und ein dritter lehnte vertrauensvoll den Kopf an ihre Schulter, bevor er sich ganz in ihrer Nähe niederließ. Malin kraulte ihm gedankenversunken die Ohren, während er leise zu schnarchen begann.

Malin musste lächeln und ihr wurde bewusst, wie gut ihr die Nähe zu den Tieren tat. Vor dem Unfall hatte Ava immer nachts bei ihr im oder vorm Bett geschlafen. Ava! Jetzt lag sie ganz allein in ihrer Box und kam so gut wie nie hervor. Am ganzen Körper vom Unfall gezeichnet und verstört. Ihr kamen die Bilder wieder in den Sinn. Ava, wie sie blutüberströmt im Schnee lag, während Malin in den Rettungswagen gebracht wurde. Sie hatte damals gedacht, Ava sei tot. Aber sie lebte! Plötzlich hatte Malin zum ersten Mal wieder eine klare Erinnerung an die Ereignisse an jenem verhängnisvollen Tag. Sie hatte einen Schneemann bauen wollen und dabei übersehen, dass sie mitten auf der Straße stand. Wie aus dem Nichts tauchte auf einmal die Szene vor ihrem inneren Auge auf. Ava hatte am Straßenrand gestanden, als sich das Auto näherte. Sie war unruhig, hatte die drohende Gefahr kommen sehen und dann hat sie sie angesprungen, um sie vor der großen Gefahr zu beschützen. Ihr wurde bewusst, dass Bent recht damit hatte, dass Ava ihr Leben für sie riskiert hatte. Eigentlich hatte es Malin immer gewusst, aber der Verdrängungsmechanismus hatte die Erinnerungen blockiert.

Malin begann, hemmungslos zu weinen. Die Hunde scharrten sich aufgeregt um sie und stupsten sie an. Dabei jaulten sie, als ob sie die Traurigkeit von ihr spüren könnten. Wie auf ein geheimes Kommando wichen sie plötzlich zurück. In der Scheunentür stand Piet und schaute sie aus seinen treuen goldbraunen Augen freundlich an. Dabei wedelte er ganz leicht mit dem Schwanz. Er ging einige Meter auf Malin zu und legte sich dann, mit dem Blick zur Scheunentür, auf den strohbedeckten Boden. Malin versuchte, ihn zu sich zu locken, aber er bewegte sich nicht und schaute weiter in Richtung des Scheunentors. Inmitten der Türöffnung zeichnete sich ein großer Schatten vorm dunklen Nachthimmel ab. Hätte Malin nicht gewusst, das Fiete ein großer Hovawart war, sie hätte ihn aufgrund des Fells tatsächlich für für einen Löwen halten können.

Ganz ruhig stand er da und ließ seinen Blick durch das Innere der Scheune schweifen. Dann fixierte er Malin. Sie erwiderte seinen Blick und eine Weile schauten sie sich einfach nur an. Ganz unvermittelt bellte Fiete zweimal ganz tief. Hätte es Nachbarn gegeben, wären sie vermutlich aus dem Bett gefallen.

Fiete schritt auf Malin zu, während er sie weiterhin fixierte. Dann wedelte er mit dem Schwanz und legte sich zu Piet. Beide ließen Malin nicht aus den Augen. Malin versuchte gerade zu verstehen, was hier vor sich ging, als ihre Blicke beinahe synchron zum offenen Tor der Scheune wanderten.

Langsam, ganz langsam schälten sich aus der Dunkelheit die Umrisse eines Hundes. Alle Augen waren auf den Neuankömmling gerichtet. Noch einen Meter, dann zwei. Jetzt war der Hund zu erkennen.

„Ava!“, rief Malin mit heiserer, tränenerstickter Stimme.

Es war das erste Wort, was sie nach ihrem Krankenhausaufenthalt gesprochen hatte.

Wieder vereint

Schluchzend schaute sie ihre Ava an, die im Eingang stehengeblieben war und unsicher herüberschaute. Langsam krabbelte Malin aus ihrem Strohbett und bewegte sich auf allen vieren zu ihrer Hündin. Diese stand weiterhin regungslos da, den Kopf leicht gesenkt. In ihrem Blick war die Unsicherheit deutlich zu erkennen. Kurz vor Ava setze sich Malin auf den Boden und streckte langsam ihre Hand aus. Beide schauten sich einige Sekunden lang an und dann sagte Malin leise:

„Ava, komm her. Komm, bitte."

Malin sprach, als ob sie nie ihre Stimme verloren hätte und Ava reagiert sofort darauf. Ihr Schwanz begann zu wedeln. Erst nur langsam und zögerlich, dann immer schneller. Vorsichtig bewegte sich das Tier hinkend auf Malin zu.

„Gut so. Ganz langsam", versuchte sie, ihre Hündin liebevoll anzuspornen.

Auch Malin rutschte näher heran und so trafen sie sich in der Mitte. Ganz vorsichtig streckte Malin erneut ihre Hand der Hündin entgegen. Diese schnupperte erst ganz vorsichtig daran, bis ihre rosa Zunge Malins Hand zärtlich abschleckte. Mit der anderen Hand streichelte Malin behutsam das noch vorhandene und teilweise schon nachgewachsene Fell. Wo nur die Haut zu sehen war, war sie besonders vorsichtig beim Berühren.

Ava kam ganz nah und leckte ihr mit der Zunge einmal durch das ganze Gesicht. Ihr Schwanz wedelte wild hin und her. Der ganze Körper schien, nur aus Freude zu bestehen. Malin drückte ihre Hündin ganz vorsichtig an sich und schmuste sie aus ganzem Herzen. Ihr wurde bewusst, wie sehr Ava ihr gefehlt hatte und wie sie sich und ihrer geliebten Hündin Schmerzen zugefügt hatte. Doch nun war es endlich vorbei. Die beiden konnten gar nicht mehr voneinander lassen, was nur allzu gut zu verstehen war.

Ava legte sich zu Malin ins Strohbett und drückte sich ganz fest an sie. Malin nahm ihren Hund in die Arme und kraulte ihr den Bauch, so wie sie es am liebsten mochte. Immer wieder flüsterte Malin Ava liebe Worte ins Ohr, woraufhin ihre Hündin vor Freude seufzte.

Das Meiste war nur für die Ohren der beiden bestimmt. Doch eines darf verraten werden:

„Ava, es tut mir so leid, was ich dir angetan habe. Unendlich leid! Ich hätte für dich da sein müssen wie du für mich! Doch ich konnte nicht. Es tat mir so weh, dich mit den schlimmen Verletzungen zu sehen. Ich habe mir eingeredet, du würdest leiden und ich hatte nicht verstanden, warum Mama dich nicht erlöst hatte. Ich machte mir die schlimmsten Vorwürfe und schließlich fing ich an, mich nur noch selbst zu bemitleiden. Oh, Ava, kannst du mir verzeihen? Ich werde, und das schwöre ich, immer für dich da sein! Ich liebe dich so sehr! Ich würde für dich, wenn es sein muss, ein Stück vom Himmel besorgen, aber hoffe ich doch sehr, dass ein Platz in meinem Herzen für dich reicht."

Während des ganzen Monologes lag Ava in den Armen von Malin und jedes Mal, wenn sie ihren Namen hörte, begann ihr Schwanz glücklich zu wedeln. Irgendwann, keiner weiß es mehr genau, schliefen sie beide ganz dicht aneinander gekuschelt, glücklich ein.

So bekamen sie auch nicht mit, dass Bent in der Scheune vorbeischaute und Malin und Ava lächelnd ansah.

„Gut so ihr beiden. Im Herzen liegt tatsächlich, die

größte Bereitschaft zu verzeihen. Danke dafür, dass ich ein Teil davon sein durfte," sagte Bent zu sich selbst.

Fiete und Piet standen auf und folgten Bent ins Haus. Nun war es an der Zeit, dass die drei sich endlich schlafen legen konnten.

Die Farben des Regenbogens

Am nächsten Morgen, noch vor Sonnenaufgang, waren Malin und Ava schon unterwegs ans Meer. Einträchtig liefen sie nebeneinander auf dem Weg zum Strand. Ein Mädchen, das ihr Bein nachzog, und eine Hündin, die auf drei Beinen hinkte.

Heute war der Sonnenaufgang besonders herrlich. Die aufgehende Sonne glitzerte im Wasser und färbte es rotgolden ein. Kein Mensch war weit und breit zu sehen. Fast schien es so, als würde die Sonne nur für sie beide aufgehen.

Malin und Ava setzen sich direkt ans Wasser und ließen sich von der aufgehenden Sonne wärmen. Es kam Malin so vor, als ob das Meer mit ihr sprechen würde. Die leisen Wellen, die auf sie und Ava zurollten, waren wie Musik in ihren Ohren. Sie fühlte, wie sich ihre verletzte Seele nun endgültig befreite und mit neuem Mut und Liebe füllte. Malin wurde zum ersten Mal bewusst, wie es ist, wenn man der Musik seines Herzens lauscht. Zu bemerken, wie die Tonkunst jeden Tag anders klingt und wie daraus die Melodie des Lebens komponiert werden kann.

Nach einer gewissen Zeit machten sie sich auf den Heimweg.

Vor Bents Haus wurden sie mit freudigem Gebell begrüßt. Bent war dabei, sein Boot zu präparieren, um es gleich ins Wasser lassen zu lassen. Als er Malin und Ava sah, grinste er die beiden freundlich an.

Malin blieb kurz stehen und Bent konnte erkennen, wie sie ein leises „Dankeschön" flüsterte. Mit einem Kopfnicken gab er ihr zu verstehen, dass er gerne geholfen hatte. Sina, die durch das laute Gebell geweckt wurde, sah aus dem Fenster und wollte gar nicht glauben, was sie sah. Voller Freude rannte sie in ihrem kurzen Schlafpyjama nach draußen. In der Tür blieb sie kurz stehen, um sich wirklich noch einmal davon zu überzeugen, dass das, was sie gerade gesehen hatte, nicht bloß eine Sinnestäuschung gewesen war. In diesem Augenblick entdeckten Malin und Ava sie. Ava lief humpelnd auf Sina zu. Malin blieb kurz stehen und folgte dann ihrer Hündin. Schon während des Gehens rief Malin:

„Hallo Mama!"

Sina konnte es nicht fassen. Mit weit aufgerissenen Augen öffnete sie den Mund und schloss ihn wieder. Sie war sprachlos und blickte ihre Tochter fassungslos an. Dann ging ein Ruck durch ihren Körper und sie rannte so schnell sie konnte zu ihrer Tochter.

Dabei rief sie überglücklich: „Oh, mein Gott! Du sprichst wieder!“ Tränen liefen über ihre Wangen und sie nahm Malin schluchzend in den Arm.

Malin lächelte etwas verlegen, aber auch glücklich: „So ist es.“

Dann fiel ihr Blick auf Ava, und als Sina sah, dass es auch der Hündin endlich besser ging, war ihre Freude grenzenlos.

Ava sah die beiden an und genoss die neue Familienzusammenführung sichtlich. Sina liefen immer noch Tränen des Glücks über die Wangen und auch Malin weinte vor Freude. Wie lange sie sich so innig schweigend festhielten, ist leider nicht überliefert, aber die Stille wurde erst unterbrochen, als Sina ihrer Tochter in das Ohr flüsterte:

„Wir müssen uns unbedingt unterhalten. Nicht heute und auch nicht morgen. Gib mir einfach ein Zeichen und wir machen es. Ich habe einiges falsch gemacht, was ich leider nicht mehr ändern kann, aber in unserer gemeinsamen Zukunft möchte ich es besser machen!“

Malin nickte, beide schauten sich ernst in die verweinten Augen und trockneten sich gegenseitig die Tränen. Auf einmal musste Malin anfangen zu grinsen.

„Warum grinst du?“, fragte Sina irritiert.

„Cool und sexy siehst du in deinem Pyjama aus“, feixte Malin und grinste ihre Mama breit an.

‚Stimmt‘, schoss es Sina durch in den Kopf und sie schaute sich verlegen um. Unweit entdeckte sie Bent, der, an sein Boot gelehnt, alles in Ruhe beobachtet hatte.

Leicht verschämt winkte sie in seine Richtung und löste sich aus der Umarmung mit Malin. Sie schaute etwas verlegen an sich herunter. In der Aufregung hatte sie völlig vergessen, dass sie einen extrem kurzen Sommerpyjama trug, der sehr viel mehr Haut zeigte, als ihr lieb war. Zudem war durch die stürmische Umarmung auch noch ein Träger verrutscht, sodass sie ungewollt noch mehr preisgab. Sina räusperte sich verschämt und zog den Träger wieder an seinen Platz. Ein wenig peinlich berührt schaute sie wieder zu Bent.

Dieser schien aber, von Sinas Aussehen keine große Notiz zu nehmen, denn er winkte mit einem freundlichen „Moin“ zurück und wandte sich wieder sei-

Rot

Nachdem Malin und Ava zum Strand aufgebrochen waren, suchte sich Sina ein ruhiges Plätzchen im Garten, um endlich die vielen Gedanken und Empfindungen in ihrem Kopf zu sortieren.

Sie entdeckte unweit des Hauses eine alte, hölzerne Gartenliege, von der aus sie einen wunderbaren Blick direkt auf das Meer hatte. Seufzend ließ sie sich nieder und dachte an Malin und ihre wunderbare Heilung. Sie war unendlich dankbar und glücklich über diese unerwartete Wendung, die das Schicksal genommen hatte. Und sie empfand eine tiefe Dankbarkeit Bent gegenüber. Ohne ihn wäre es nie so gekommen. Sie überlegte, wie sie Bent ihre Dankbarkeit am besten zeigen konnte. Ein einfaches „Dankeschön" erschien ihr viel zu wenig für das, was sie mit seiner Hilfe zurückgewonnen hatte. Vielleicht wäre ein gemeinsames Abendessen eine Möglichkeit?

Ihr würde schon das Richtige einfallen, doch zurzeit war Bent mit den Hunden oder vielmehr mit den Besitzern beschäftigt, die sich am heutigen Morgen beinahe die Klinke in die Hand gaben. Sina beobachtete, wie Bent mit ihnen sprach und sich dann wieder den Hunden zuwandte. Einige nahmen ihre Hunde freudestrahlend wieder mit, andere wiederum verließen das Grundstück nachdenklich und ließen das Tier weiterhin bei Bent. So ging das den ganzen Tag. Gegen Abend erschien ein älterer Mann, der von Bent mit einer innigen Umarmung herzlich begrüßt wurde. Auch Fiete und Piet freuten sich über den Besuch und bellten den Mann freudig an, bis er die beiden endlich streichelte.

Bent führte den Besucher zum Boot und sie schauten sich gemeinsam die Fortschritte an, die Bent erreicht hatte. Der Alte nickte und klopfte ihm anerkennend auf die Schulter. Dann gingen sie ins Haus.

Sina, die fast den ganzen Tag auf der bequemen Holzliege verbracht hatte und die Seele hatte baumeln lassen, richtete sich langsam auf. Auf der Düne konnte sie Malin und Ava erkennen, die gemächlich heimkehrten. Malin strahlte über das ganze Gesicht, als sie zu ihrer Mutter kam. Sina war innerlich vor Freude überwältigt, ihre Tochter endlich wieder so glücklich zu sehen.

„Wie war es bei euch?“, wollte sie von Malin wissen.

„Toll, wir sind fast den ganzen Strand abgelaufen. Aber wir haben immer mal wieder einen Zwischenstopp eingelegt, damit Ava etwas trinken und ich ein leckeres Spaghetti-Eis essen konnte.“

Malin streichelte zwischendurch immer wieder Ava.

Malin musterte ihre Mutter von oben bis unten und meinte dann anerkennend: „Du bist aber mal so richtig braun geworden“.

„Das ist gut möglich. Ich werde gleich mal in den Spiegel schauen“, sagte sie und zwinkerte ihrer Tochter zu.

In diesem Moment ging das Fenster auf und Bent blickte zu den beiden hinüber:

„Mein Paps ist da. Habt ihr Lust später mit uns zu grillen?“

Malin und Sina schauten sich an und riefen fast synchron:

„Ja, gerne!“

„Prima.“ Bent schloss das Fenster. Sina ging nach oben und Malin wollte in Richtung Scheune laufen, woraufhin Sina erstaunt fragte: „Willst du nicht doch ein Zimmer im Haus haben“?

„Nein, ich finde es im Stroh bei den ganzen Hunden supertoll. Aber wenn ich nachher bei dir duschen darf, wäre das schon top"!"

Sina lachte: „Klar. Jederzeit. Komm einfach, wenn dir danach ist."

Nachdem sich Mutter und Tochter frisch gemacht hatten, war es schon Zeit für den Grillabend.

Der Tisch war schon gedeckt und auf dem Grill brutzelten bereits ein paar Steaks, als sich Mutter und Tochter dazugesellten. Bents Vater stand am Grill und achtete darauf, dass nichts anbrannte, während Bent das Brot in Scheiben schnitt.

„Das ist mein Paps, Ohlsen", stellte Bent seinen alten Herrn vor.

Sina schüttelte ihm freundlich lächelnd die Hand und dachte dabei:

‚Der sieht aus wie so ein alter, netter Seebär.'

„Du bist also Sina", meinte der Alte. Er hatte eine angenehme tiefe Stimme.

„Mein Junge hat schon einiges über dich erzählt", sagte er und lächelte freundlich. Dabei bildeten sich kleine Lachfältchen um seine Augen und Mund.

„Aber besonders du junge Dame, hast es ihm angetan." Er wandte sich zu Malin.

„Und du bist Malin, richtig?", fragte er.

„Ja und das ist Ava.“ Malin deutete auf ihre Hündin.

Ohlsen nickte. „Ja, von ihr habe ich auch schon gehört.“

„Hast du Hunger, junge Lady? Ohlsen grinste Malin an.

„Und wie“, antwortete sie fröhlich

„Dann wollen wir mal.“ Ohlsen führte Malin zum Tisch und sie nahmen Platz. Malin mochte den Vater von Bent auf Anhieb. Das war selten bei ihr, denn normalerweise benötigte sie eine gewisse Zeit, um fremde Menschen zu mögen. Aber Ohlsen hatte so etwas Liebes an sich, dass Malin sich gleich in seiner Nähe wohlfühlte. Nachdem sie gemütlich gespeist hatten und die übrig gebliebenen Grillreste an die Hunde verteilt wurden, gab es noch mehr Limonade, Bier und Wein.

Es fing an zu dämmern und Bent besorgte Petroleumleuchten, die er rundherum aufstellte. Die Lichter der Lampen erhellten mit ihrem warmen Licht sanft die Umgebung. Ohlsen zog Malin näher zu sich heran und erzählte ihr fantastische Geschichten, die angeblich alle wahr waren. Ava hatte es sich zu ihren Füßen bequem gemacht und schien ebenfalls, Bents Vater zu lauschen. Auch Sina und Bent hörten anfangs noch zu, aber dann setzen sie sich ein wenig abseits und unterhielten sich. Wer es nicht besser wusste, hätte sie sicherlich in diesem Moment für ein Liebenspaar gehalten. So innig wirkten die beiden miteinander

Irgendwann rief Ohlsen Bent grinsend zu: „Bist du bereit“?

„Ja, geh schon rein. Ist tatsächlich schon wieder ein Jahr um?“ Er erhob sich und folgte seinem Vater ins Haus.

Neugierig schlossen sich auch Sina und Malin den beiden an. Was hatte das zu bedeuten?

Im Wohnzimmer öffnete Bent einen alten Eichenschrank und holte ein Schachbrett hervor. Einige Figuren standen schon auf dem Brett, als sei bereits eine Partie im Gange.

„Sei vorsichtig beim Hinstellen. Schließlich bin ich kurz davor dich „Schach matt“ zu setzen“, sagte Ohlsen grinsend.

„Das sagst du schon seit zehn Jahren. Aber geschafft hast du es noch nie“, schmunzelte Bent und trug das Spiel vorsichtig zu dem breiten, stabilen Esstisch. Sie nahmen sich gegenüber Platz. Malin und Sina gesellten sich gespannt zu ihnen.

„Du hattest den letzten Zug“, sagte Ohlsen. „Also mache ich heute den ersten.“

Ohlsen deutete zu Malin, dass sie sich gerne neben ihn setzten sollte, was sie auch tat.

„So, dann wollen wir es meinem kleinen Sohn mal zeigen.“ Er grinste Bent an und warf ihm einen Turm zu, den er seinem Sohn vor einem Jahr abgenommen hatte.

Dieser hatte nicht damit gerechnet und wurde direkt an der Nase getroffen. Er begann zu niesen. Sina, Malin und Ohlsen lachten laut los und auch Bent fiel mit ein, nachdem sich sein Niesreiz beruhigt hatte.

„Du bist schon im Vorfeld ein schlechter Verlierer“, neckte Bent seinen Vater, aber dann kehrte Ruhe ein und die beiden setzten ihre ersten Züge.

Sina beobachtete Vater und Sohn fasziniert. Sie empfand es als unglaublich, dass beide noch ihre Gedanken und Züge von vor einem Jahr wussten. Aber was sie besonders bewunderte war, dass dieses Spiel schon zehn Jahre lang dauerte. So etwas Beständiges hatte sie noch nie erlebt. Sie betrachtete die beiden Männer, wie sie grübelten und keine Silbe sprachen. Sina dachte sich, wie wunderbar diese Männer doch waren. Selbst in der Stille war ein fester Bann der

Vertrautheit zwischen ihnen zu spüren, wie es ihn vermutlich nur selten gab. Sina hörte zwischendurch immer wieder ihr Herz sprechen, während sie Bent und Ohlsen beobachtete:

‚Nichts ist so weit weg, dass man es nicht mit Liebe zusammenführen kann.‘

Nach genau einer Stunde wurde das Spiel gestoppt, und wie nicht anders zu erwarten, gab es immer noch keinen Gewinner.

„Im nächsten Jahr, bist du dann wirklich fällig“, rief Ohlsen Bent zu, der das Schachbrett sicher wieder in den Schrank zurückstellte.

„Für mich ist es nun auch Zeit, euch zu verlassen. Ein alter Mann braucht seinen Schönheitsschlaf.“
Er nickte freundlich in die Runde und fügte hinzu:

„Dabei ist bei mir Hopfen und Malz verloren.“
Sina protestierte lautstark, während Bent seinem alten Herrn nickend zustimmte.

„Ach, bevor ich es vergesse. Malin, haben du und dein Hund vielleicht Lust, mit einem alten Mann wie mir morgen zu unserem Leuchtturm zu fahren und dort den Nachmittag zu verbringen?“
Ohlsen zwinkerte Malin zu, die erfreut nickte. Er fuhr fort: „Und du, mein Sohn, könntest in der Zeit

doch mal mit Sina eine Segeltour mit dem Boot unternehmen."

Sina und Bent schauten sich überrascht an. Doch innerlich freuten sich beide auf die Stunden, die sie zu zweit verbringen konnten.

Malin verabschiedet sich von den Erwachsenen und ging zu den Hunden in die Scheune, die sie freudig begrüßten.

Ohlsen flüsterte Sina ganz leise zum Abschied etwas ins Ohr, was nur für sie bestimmt war:

„Du tust meinem Jungen gut. Das merke ich in jedem Moment. Ich wünsche dir, dass du es schaffst, zu ihm durchzudringen."

Er umarmte Sina väterlich und sagte dann für alle Ohren bestimmt:

„Du schaffst das. Da bin ich mir sicher!"

Sina nickte lächelnd Ohlsen zu, während Bent sich fragte, was sein Vater wohl gemeint haben könnte. Die Männer traten hinaus in den Garten und blieben nicht weit vom Haus entfernt stehen.

Sina beobachtete sie durch das Fenster. Sie schienen, über irgendetwas zu diskutieren. Anscheinend waren sie sehr unterschiedlicher Meinung, denn sie gestikulierten immer heftiger und ihre Stimmen wurden lauter.

Ein paar Worte konnte Sina aufschnappen:

„Junge, sei nicht so ein Dummkopf!“, sagte Ohlsen sehr eindringlich. „Sina ist so eine tolle Frau mit einem bezaubernden Kind. Du musst lernen, endlich loszulassen. Das Leben besteht nicht nur aus deinen Hunden. Ich habe es selbst mit deiner Mutter erlebt. Wenn ein geliebter Mensch uns verlässt, sterben wir ein bisschen mit. Das ist nun mal so. Doch für all die Menschen, die nicht daran verzweifeln, sondern es als traurigen Teil des Lebens betrachten, hält das Leben immer wieder unverhoffte Überraschungen bereit, die es so lebenswert machen!“

„Ich bin aber nicht du und führe mein eigenes Leben, so wie ich es für richtig halte!“, entgegnete Bent energisch. Er hatte die Arme vor dem Körper verschränkt und seine Augen funkelten ärgerlich. Ohlsen holte tief Luft und seufzte. Dann sprach er in einem ruhigeren, versöhnlicheren Tonfall: „Ich will dir weiß Gott nicht in dein Leben reinreden. Aber mir tut es weh, meinen Sohn unglücklich zu sehen. Ich will aber jetzt nicht mit dir streiten. Dafür war der Abend zu schön! Bis morgen mein Junge.“

Abschied klopfte Ohlsen seinem Sohn freundschaftlich auf die Schulter. Dieser blickte seinem Vater nach, bis er in der Dunkelheit verschwand.

Sina sah wie Bent den Sandweg zum Meer hinunter lief, rechts und links flankiert von Fiete und Piet. Sie überlegte kurz, ihm zu folgen doch dann dachte sie sich, dass es vermutlich besser wäre, Bent jetzt alleine zu lassen. Vielleicht würde er ihr morgen auf der Bootsfahrt etwas darüber erzählen.

Sie gähnte und ihr wurde bewusst, wie müde sie war. Sie beschloss, schlafen zu gehen. Kurz bevor sie einschlief, kreisten ihre Gedanken um Bent. Sie war voller Vorfreude auf den morgigen Tag, dem vorletzten Tag ihres Urlaubs, der so viel mehr geworden war als nur ein Kurztrip. Sie spürte, dass diese Tage Malin und ihr Leben für immer verändern könnten.

Mit dem inzwischen vertrauten Kribbeln im Bauch kuschelte sie sich in ihre Kissen und schlief sofort ein.

Orange

Sina schlief noch, als Ohlsen Malin und Ava in aller Frühe abholte.

Die Sonne lachte, als sie erwachte. Sie reckte sich genüsslich und ließ ihren Blick aus dem Fenster über das glitzernde Meer schweifen. Es war wirklich eine kleine Oase der Ruhe, in der Bent lebte.

Mit einem späten, ausgiebigen Frühstück startete sie entspannt in den Tag. Bent schien schon früh aus dem Haus gegangen zu sein und so hatte sie Zeit, ihren Gedanken freien Lauf zu lassen. So vieles hatte sich in den letzten Tagen zum Guten verändert und zwei wunderbare Menschen wie Bent und Ohlsen waren in ihr Leben getreten. Sie empfand große Dankbarkeit für alles, was sie hatte erleben dürfen, und verspürte tief in sich den leisen Wunsch, dass es nicht zu Ende gehen durfte, wenn sie nach Hause zurückkehrten.

Gegen Mittag erschien Bent und fragte sie, wann sie starten wollten.

„Wann du möchtest“, erwiderte sie. Sina freute sich sehr, was sich auch in ihrem strahlenden Lächeln widerspiegelte.

„Prima!“, antwortete Bent. „Dann in einer Stunde unten am Meer. Du brauchst nur dem Sandweg zu folgen. Ich warte dort auf dich.“

„Alles klar“, erwiderte Sina und ging auf ihr Zimmer, um sich für den Segeltrip umzuziehen.

Der Himmel war strahlend blau und die Sonne lachte ihnen zu, als sie in See stachen. Je weiter sie auf das offene Meer kamen, umso mehr Wind kam auf und spannte das Segel. Das Boot glitt ruhig durch das Wasser. Sina genoss den frischen Wind in ihren Haaren und die erfrischende Gischt auf ihrer Haut, wenn sich die Wellen brachen. Vor allem aber genoss sie die Nähe zu Bent. Seine ruhige, fast stoische Art gab ihr ein Gefühl von Sicherheit und Geborgenheit. Sie konnte nicht erklären warum, aber sie vertraute ihm und war sich sicher, dass er seine Lieben niemals im Stich lassen würde.

Nachdenklich beobachtete sie ihn, wie er mit dem Ruder das Boot lenkte, den Blick gedankenversunken in die Ferne gerichtet. Fast schien es, als würde er träumen. Als ob er ihren Blick gespürte hätte, wandte er sich ihr zu und ihre Blicke trafen sich. Er lächelte, während er ihren Blick erwiderte. In diesem

Moment meldete sich die Stimme ihres Herzens mit einer solchen Klarheit und Kraft, dass sie nicht weghören konnte. Bent war genau der Mann, nachdem sie schon immer gesucht hatte, aber nie geglaubt hatte, dass es ihn wirklich gab.

Ihr Herz klopfte wie wild und das Kribbeln im Bauch schwoll zu einem Wirbelsturm an. Sie konnte gar nicht anders, als aufzustehen und sich mit ausgebreiteten Armen dem Wind entgegenzustellen, als wollte sie die ganze Welt umarmen. Einfach nur diesen Moment genießen, ihn für sich unsterblich machen. Die Augen geschlossen, mit klopfendem Herzen fühlte sie den Wind auf ihrem Gesicht und in ihren Haaren. In diesem Moment schien alles möglich. Sie fühlte sich frei wie der Wind und gleichzeitig fest verwurzelt wie ein Baum. Bent ließ sie keinen Moment aus den Augen.

Als sie die Augen wieder öffnete, sah sie Bent, wie er gebückt über dem Ruder stand, um an der Pinne etwas zu kontrollieren. Dabei fiel Sina eine Kette auf, die er immer um seinen Hals trug. An der Kette hing ein goldener Ring. Bent erhob sich, nahm das Ruder wieder fest in die Hand und lächelte Sina an. Sie erwiderte das Lächeln und setze sich zu ihm. Er schaute Sina an und meinte dann:

„Es ist schön, mit dir hier auf dem Meer zu sein!"

Er wartete ihre Antwort gar nicht erst ab, sondern erzählte gleich weiter:

„Weißt du, als wir uns das erste Mal sahen, dachte ich, dass du so eine typische Großstadtpflanze bist. Eine dieser Frauen, für die alles sofort und ganz schnell erledigt werden muss. Für die das Wort Ruhe nur ein Begriff ist, der in irgendeinem Wörterbuch steht. Ein Mensch, der verlernt hat, wie es ist im Hier und Jetzt zu leben und vergessen hat, was wirkliches Glück ist. Denn Glück ist, sein eigenes Leben zu erschaffen und sich so auf eine Reise zu seinem wahren Ich zu begeben."

Er hielt kurz inne, den Blick auf Sina gerichtet, um keine Regung zu verpassen. Als er gerade fortfahren wollte, legte Sina ihre Hand auf die seine und fragte lächelnd:

„Und jetzt bin ich eine andere für dich?"

Bent nickte und antwortete leise:

„In meinem Herzen schon!"

Eine Weile saßen sie einfach nur da und schauten einander tief in die Augen. Schließlich ergriff Bent erneut das Wort: „Mein Vater sagte zu mir als ich noch ein kleiner Junge war: Das Leben schenkt uns viele schöne Augenblicke, doch können wir sie oft gar nicht sehen, weil das Leben auch noch so viele Herausforderungen bereit hält, die uns davon abhalten, nach den schönen Augenblicken zu suchen.

Aber ich kann dich sehen und in meinem Herzen spüren!"

Bent schluckte. Dann redete er weiter:

„Tief in meinem Herzen liegt immer noch ein großer Schmerz, der es nicht zulässt, eine neue Liebe wachsen zu lassen."

Bent atmet tief durch und deutet auf seine Kette mit dem goldenen Ehering.

„Vor einigen Jahren verlor ich meine geliebte Frau durch eine schwere Krankheit. Ich habe sie begleitet, bis sie über die Regenbogenbrücke gegangen ist. Sie ist immer noch so tief in meinem Herzen verankert, sodass es manchmal richtig schmerzt. Dann gibt es Momente, da ist es, als ob nichts wäre. So wie gerade. Aber immer dann, wenn ich denke, dass alles schon viel besser ist, kommen die Schmerzen zurück. Durch ein gemeinsames Lied im Radio, einen Parfumduft im Supermarkt oder eine plötzliche Erinnerung. Dann ist die Sehnsucht, der Schmerz und die Verzweiflung wieder genauso groß wie damals, als ich sie gehen lassen musste und ich denke, es wird niemals leichter. Und auch jetzt, in diesem Moment mit dir, wird mir bewusst, dass ich mit dir hier sitze, weil sie nicht mehr da ist. Dann spüre ich, dass mein Herz immer noch nicht bereit ist, ihren Platz kleiner zu machen, um einer neuen Liebe den Weg zu bereiten."

Bent schaute Sina mit traurigen Augen an, die jetzt verstand, warum er so oft melancholisch und nachdenklich wirkte und so in sich gekehrt war. Aber auch, warum er den Hunden so viel Liebe geben konnte. Sie waren seine besten Freunde, die er über alles liebte und sie waren keine Menschen, für die er sein gebrochenes Herz öffnen musste.

Sina ahnte in diesem Moment schon, dass ihre Gefühle für Bent von ihm nicht in der gleichen Weise beantwortet werden konnten. Trotzdem legte sie ihre Arme um Bent, drückte ihn gefühlvoll und streichelte ihm sanft durch das Haar.

„Ich glaube, wir müssen langsam zurück. Malin und Ava sollten inzwischen bei dir zu Hause eingetroffen sein", flüsterte Sina Bent ins Ohr.

Dieser nickte und sie nahmen Kurs auf das Festland. Ein leichter Sommerregen hatte eingesetzt, während die Sonne ihre Strahlen weiter auf das blaue Meer warf. Kurz bevor sie die Küste erreicht hatte, erschien am Himmel ein wunderschöner Regenbogen. Er leuchtete in satten, strahlenden Farben. Sina und Bent hielten inne und beobachteten dieses wunderbare Naturschauspiel.

Bent überlegte kurz, ob es vielleicht ein Zeichen war, dass der Regenbogen gerade nach der Unterhaltung mit Sina erschienen war, doch dann verwarf er diesen Gedanken wieder schnell.

Auch Sina fragte sich im Stillen, warum der Regenbogen gerade jetzt so schön leuchtete und sie sah ihn als Botschaft für Bent. Ein Zeichen des Loslassens. Einen Aufbruch wagen, über sich hinauswachsen, um den Regenbogen in den Wolken zu sehen und die Sterne am Himmel zu entdecken. Eines war Sina klar: Sie hatte sich in Bent verliebt und er anscheinend auch in sie. Sie wollte ihm die Zeit geben, die er brauchte, um sich seiner traurigen Vergangenheit zu stellen.

Doch wollte er das überhaupt?

Gelb

Am Abend saßen Sina, Bent und Malin um ein gemütliches Lagerfeuer herum, das Bent angezündet hatte, um den letzten gemeinsamen Abend zu etwas Besonderem zu machen.

Man hörte das Knistern des trockenen Holzes und die Flammen erhellten die Umgebung. Malin röstete an einem Bambusstock Marshmallows während Bent Stockbrot für sie zubereitete. Es herrschte eine ruhige, gelöste Stimmung. Sie schauten dem Spiel der Flammen zu und sprachen über die Ereignisse des Tages. Malin berichtete fröhlich von ihrem Tag mit Ohlsen und wie toll es am Leuchtturm gewesen war. Sie war begeistert davon, wie weit man von dem Leuchtrondell schauen konnte. Sie sagte, er hätte versprochen, wenn sie das nächste Mal käme, würden sie nachts gemeinsam auf den Leuchtturm gehen und das Leuchtfeuer bewundern, welches das Meer erhellt. Ein bisschen verlegen fragte sie Bent, ob sie wiederkommen dürfte. Bent lächelte sie an und sagte: „Jederzeit. Sehr gerne!“

Sie umarmte Bent herzlich und verabschiedete sich

von den beiden, weil sie gerne die letzten Stunden noch mit den Hunden in der Scheune verbringen wollte.

Als sie alleine waren, sagte Bent leise zu Sina: „Sei mir nicht böse. Aber ich muss jetzt allein sein. Ich brauche Zeit zum Nachdenken. Unser Gespräch auf dem Boot hat etwas in mir ausgelöst, das ich erst noch verstehen muss. Bitte gib mir die Zeit."

Sina musste schlucken, am liebsten hätte sie geweint. Doch sie unterdrückte ihre Tränen und sagte mit gefasster Stimme: „Natürlich gebe ich dir die Zeit. Gerne hätte ich dir dabei geholfen, so wie du uns geholfen hat."

Sie holte tief Luft, atmete mit einem tiefen Seufzer aus und legte zärtlich die Hand an Bents Wange und streichelte sie liebevoll. Dabei sagte sie traurig: „Du bist anders als alle Männer, die ich bisher kennengelernt habe. Du hast mich tief in meinem Inneren berührt. Du bist wie die Luft, die ich zum Atmen brauche, die Nahrung für meine Seele und mein Herzschlag, der mich am Leben hält. Daher bitte ich dich nur um eines: Wenn du eine Entscheidung für Malin und mich getroffen haben solltest, komm bitte zu uns. Wir werden auf dich warten. Aber ich möchte ehrlich zu dir sein! Ich habe durch dich lernen dürfen, wie kostbar das Leben ist. Daher vermag ich nicht zu sagen, ob ich bis in alle Ewigkeit auf dich warten kann.

Kleine Tränen liefen an Sinas Wange herunter. Bent wischte sie liebevoll weg.

Leise antwortete er: „Ja, ich weiß und gerade das macht dich für mich zu einem außergewöhnlichen Menschen. Noch nie habe ich nach dem Tod meiner Frau einem Menschen so vertraut, wie ich es bei dir tue. Meine Gefühle für dich, verwirren mich. Ich habe das Gefühl, dass eine lange Reise vor mir liegt und ich nicht weiß, in welche Richtung ich die ersten Schritte gehen muss!"

Bent schaute Sina liebevoll an.

„Ich bin mir sicher, auf dem richtigen Weg zu sein. Denn vielleicht bedeutet Liebe auch, zu lernen, jemand Geliebtes gehen zu lassen. Sich von ihm zu verabschieden und den Weg frei für Neues zu machen. Vermutlich ist das der Weg, um loszulassen. Nicht nur für mich, auch für die, die mich lieben!"

Bent und Sina schauten sich minutenlang in die Augen. Keiner sprach ein Wort, bis Bent die Stille unterbrach:

„Ich gehe dann mal …“

Bent streichelt zum Abschied Sinas Gesicht und beugte sich langsam zu ihr hinüber und gab ihr einen zärtlichen Kuss auf die Wange.

„Bis morgen“, sagte er noch, als er sich erhob und mit Fiete und Piet in der Dunkelheit verschwand.

Sina sah ihm hinterher. Irgendwie fühlte sie sich glücklich und erleichtert. Vielleicht lag es auch daran, dass sie sich tief in ihrem Herzen sicher war, dass sie Bent wiedersehen würde.

Am nächsten Morgen kam der Moment des Abschieds. Bent half Sina und Malin, ihre Koffer im Auto zu verstauen und gab ihnen die Handys zurück. Malin umarmte Bent herzlich und gab ihm zum Abschied einen Kuss auf die Wange und flüsterte ihm ins Ohr:

„Ich mag dich ganze dolle und Mama auch. Aber das weißt du ja! Komm uns doch besuchen.“

Malin zwinkerte Bent zu, der grinste und zwinkerte zurück. Dann stieg sie gemeinsam mit Ava in das Auto. Sina ging auf Bent zu und hielt ihn so fest, wie sie konnte.

„Ich liebe dich und werde auf dich warten!“

Sie stellte sich auf die Zehenspitzen, um ihm einen

Abschiedskuss zu geben. Ganz flüchtig trafen sich ihre Lippen, bevor sich Bent aus der Umarmung löste und er Sina antwortete:

„Ja, ich weiß."

Wie sehr hatte sich Sina in diesem Moment gewünscht, dass er ihre Liebe mit einem Wort oder einem richtigen Kuss erwidert hätte. Aber eigentlich war ihr bewusst gewesen, dass Bent noch nicht so weit war.

Sina ging langsam zum Auto und winkte zum Abschied. Sie ließ Bent dabei keinen Moment aus den Augen, der ebenfalls die Hand zum Abschied hob. Sie schauten sich eine ganze Weile schweigend in die Augen. Dann gab sie sich einen Ruck, stieg ins Auto und startete den Motor.

Der Wagen verließ das Grundstück. Malin hatte das Fenster aufgemacht und winkte zum Abschied, bis Bent sie nicht mehr sehen konnte.

Bent setzte sich auf den Boden. Fiete und Piet gesellten sich zu ihrem Freund und leckten ihm aufmunternd durchs Gesicht. Sie spürten, wie traurig und nachdenklich ihr Herrchen war.

Grün

Fiete und Piet gaben sich alle Mühe, ihr Herrchen ein wenig aufzumuntern. Sie tollten um ihn herum, stupsten ihn immer wieder an und zerrten an seinen Hosenbeinen. Doch es war alles vergeblich. Denn um aus dieser Gefühlslage wieder herauszufinden, musste er sich tief zurückziehen und allein in aller Ruhe nachspüren, was jetzt der richtige Weg war.

Und so saß er fast den ganzen Tag gedankenversunken auf der alten Bank im Garten und starrte einfach vor sich hin. Zu tief saß der Schmerz über den Verlust seiner geliebten Frau. Sie war seine Seelengefährtin gewesen. Oft hatten sie sich ohne Worte verstanden und sich immer wieder amüsiert, wenn sie wieder zur gleichen Zeit dasselbe sagten. Zwischen ihnen hatte blindes, ganz tiefes Vertrauen geherrscht und ihre Verbindung hatte beiden sehr viel Kraft und Sicherheit gegeben. Sie waren sich so sicher gewesen, dass sie für immer zusammenbleiben, alle kommenden Herausforderungen gemeinsam meistern und noch als altes, grauhaariges Paar hier auf der Bank sitzen würden, um bei einem Gläschen Wein den Sonnenuntergang zu genießen. Es war ein beruhigendes Gefühl zu wissen, dass man den Schwierigkeiten, die das Leben nun einmal auch mit sich brachte, nie allein gegenüberstehen würde. Zusammen konnten sie alles schaffen. Zusammen …

Nie hatten sie auch nur eine Sekunde daran gedacht, dass das Leben vielleicht ganz andere Pläne für sie hatte. Dass dieses Zusammensein nur von kurzer Dauer war, dass sie gar nicht über die Zeit verfügten, die sie sich ausgemalt hatten.

Und mit einem Mal war alles anders. Der aussichtslose Kampf gegen die Krankheit, die Hilflosigkeit mitanzusehen, wie sehr seine Frau unter Schmerzen litt und die furchtbare Angst, sie zu verlieren. Die vielen schlaflosen Nächte, in denen er an ihrem Bett hockte und nicht mehr tun konnte, als ihre Hand zu halten. Der gewaltige Zorn über die Ungerechtigkeit, dass es ausgerechnet sie traf. Sie hatte in ihrem Leben immer ein offenes Ohr für die Sorgen der Menschen, die zu ihr kamen, gehabt und geholfen, wo sie nur konnte. Und das war der Dank?

Wie gern hätte er ihren Platz eingenommen, wenn sie nur hätte weiterleben können. Aber das Schicksal war gnadenlos. Es hatte sie ihm einfach weggenommen und ihn verzweifelt und innerlich in tausend Stücke zerfallen zurückgelassen.

Bent wurde bei diesen Gedanken zum ersten Mal so richtig bewusst, wie sehr er gelitten hatte. Damals hatte er nur an seine Frau gedacht, überlegt, wie er ihr nur irgendwie helfen konnte. Und als sie gegangen war, hatte er sein Herz und seine Seele zugesperrt und den Schlüssel weit weggeworfen, um den Schmerz dort drin einzusperren.

Tränen liefen über seine Wangen. Es hatte so wehgetan, seine Frau zu verlieren. Es war nicht mehr viel von ihm übrig gewesen, als sie ihn verlassen hatte. Zornig auf alles und jeden hatte er die Scherben seines Herzens und seiner Seele aufgesammelt, tief in sich eingesperrt und sich auf die Arbeit mit den Hunden konzentriert. Sie halfen ihm, wieder ins Leben zurückzufinden.

Irgendwie hatte es Sina durch ihr sanftes, liebevolles Wesen geschafft, sein Herz wieder zu öffnen und seitdem quoll der ganze unerträgliche Schmerz unaufhaltsam hervor und überwältigte ihn. Aber neben dem Schmerz war da auch noch ein anderes Gefühl. Es war noch recht schwach und leise, aber es war dennoch da. Es war ein Gefühl, das er lange nicht mehr gespürt und von dem er geglaubt hatte, es nie wieder zu wieder zu erleben: das Gefühl der Hoffnung. Durch Sina war in ihm der Wunsch nach Zweisamkeit erwacht. Die Hoffnung, dass es in seinem Leben vielleicht doch noch etwas anderes geben konnte als Einsamkeit und Schmerz.

Während Bent sich seinen inneren Dämonen stellte, wichen seine treuen Hunde nicht von seiner Seite. Als sie erkannten, dass all ihre Versuche ihn aufzumuntern nichts halfen, fassten sie einen neuen Plan. Aufgeregt verschwanden sie in der Scheune und kehrten kurz darauf, jeder mit einem alten zerfetzten Ball in der Schnauze, zurück. Sie legten die Bälle vor seine Füße und bellten ihn auffordernd an.

Bent blickte kurz auf, doch zum Spielen war ihm nun überhaupt nicht zumute. Doch das war den Hunden völlig egal. Sie bellten weiter wie verrückt. Genervt bückte Bent sich und wollte die Bälle gerade voller Wut wegschmeißen, als er sich die Bälle genauer ansah. Er hatte sie das letzte Mal vor vier Jahren gesehen. Es waren die beiden Bälle, die seine Frau Piet und Fiete kurz vor ihrem Tod geschenkt hatte. Seitdem bewachten die beiden Hunde die Bälle wie einen Schatz. Kein Hund durfte sie berühren.

Deswegen hatte Bent sie auch in die Hundekiste in der Scheune gelegt, um so Streit mit den anderen Hunden zu verhindern. Fiete und Piet hatten das akzeptiert und Bent hatte sich immer gewundert, warum die beiden die Bälle nicht mehr herausgeholt hatten, denn die Kiste war den Tieren jederzeit zugänglich. Irgendwann hatte er vergessen, darüber nachzudenken, aber jetzt lagen die Bälle aus der Vergangenheit vor ihm. Als die Hunde bemerkten, dass Bent endlich verstanden hatte, was sie ihm zu Füßen gelegt hatten, hörten sie sofort auf zu bellen und legten sich vor Bent und ließen ihn keinen Moment aus den Augen.

Bent nahm die Bälle und schaute sie sich neugierig an. Wie alt und zerfetzt sie schon waren. In seiner Hand drehte er den ersten Ball und entdeckte durch die Brüchigkeit des Balles einen kleinen Schlitz, in dem irgendetwas steckte. Ganz vorsichtig weitete er die kleine Öffnung und zog ein festes Stück Papier hervor. Aufgeregt faltete er es auseinander. Ihm stockte der Atem. Die Schrift kannte er ganz genau. Es war die Handschrift seiner Frau. Hektisch nahm er sich den anderen Ball vor und auch in diesem fand er ein Schriftstück. Bevor er den Zettel auseinanderfaltete, konnte er eine große Zwei auf der Vorderseite erkennen, die ebenfalls mit der Schrift seiner Frau geschrieben wurde.

Bent musste tief durchatmen. Er schaute seine Hunde an und sagte leise zu ihnen:

„Danke, Jungs!“

Die Hunde wedelten freundlich mit dem Schwanz, dann faltete er den Zettel auseinander, auf dem keine Zahl stand. Er kannte seine Frau. Schon in früheren Briefen schrieb sie immer eine Zahl drauf, damit Bent auch genau mit dem richtigen Schriftstück anfing zu lesen.

Er musste schlucken und einmal tief durchatmen bevor er mit leicht zitternder Stimme laut zu lesen begann:

„Mein lieber Schatz,

wenn du diese Zeilen liest, bin ich über den Regenbogen in eine andere Welt gegangen. Ich möchte dir noch einmal sagen, wie ich glücklich ich war, mein Leben mit dir zu genießen. Deine Liebe jeden Tag zu spüren. Du bist so ein unglaublicher, guter Mensch. Ich bin so dankbar, ein Teil deines Lebens gewesen zu sein. Ich werde dich immer in meinem Herzen tragen. Glaube mir, oft werde ich oben am Ende des Regenbogens sitzen und dich beobachten, wie glücklich du wieder sein wirst. Wie schön wäre es, wenn ich deine Kinder von hier oben heranwachsen sehen könnte.

Mein Liebster, wie glücklich kann eine Frau nur sein, wenn sie über sich sagen kann, dass sie den verständnisvollsten und liebsten Mann der Welt an ihrer Seite hat. Kannst du dich noch daran erinnern, als wir versucht haben, die Farben des Regenbogens einzufangen? Wie wir uns vorgestellt haben, wie er wohl riechen würde? Wir hatten so viele Träume, die wir zusammen gelebt haben. Aber nicht alle konnten wir noch umsetzen. Leider hatten wir dafür nicht mehr genug Zeit. Vielleicht weiß ich inzwischen, wie ein Regenbogen schmeckt?

Ich möchte dir damit sagen, dass du mich loslassen musst. Du wirst immer in meinem Herzen bleiben und ich auch in deinem. Doch schaffe Raum für ein neues Leben. Das Leben ist kein Stillstand. Wie ich dich kenne, wirst du bestimmt versuchen, anderen in ihrem Kummer zu helfen, aber deinen eigenen verdrängen. Doch du musst wieder an dich denken! Abschiede gehören zum Leben dazu, auch wenn sie traurig und schmerzvoll sind. Gerade dann solltest du dankbar für dein Leben sein und jeden Augenblick genießen. Sei es der Sonnenuntergang, der Mond, die funkelnden Sterne oder die aufgehende Sonne, die einen neuen Tag einläutet. Es kann auch die wundervolle Art und Weise der Liebe sein, die einem so unerwartet begegnen kann wie eine Blume, die mitten in der Wüste wächst. Genieße jeden Augenblick deines Daseins, als ob es dein letzter wäre.

Mein lieber Mann, wie ich dich kenne, wirst du jetzt gerade über meine Worte intensiv nachdenken und das ist gut so. So haben wir es beide immer gehalten, wenn wir uns geschrieben haben. Ich habe dir auch einen zweiten Brief in den anderen Ball gelegt, den du bestimmt schon entdeckt hast. Auch da halte es wie immer: Öffne ihn nur, wenn du meinst, dieses Schreiben hätte dir nicht gelangt.

Für mich ist es nun endgültig Zeit zu gehen. Du bist mein geliebter Mann und wirst es immer in meinem Herzen bleiben. Aber nun lasse mich gehen, lebe dein Leben und zeige den Menschen, die dich lieben, was du für ein wundervoller Mann bist.

In tiefster Liebe, deine dich immer liebende Frau Mara“

Bent sah Fiete und Piet an. Er weinte hemmungslos. Doch es waren nicht nur Tränen der Traurigkeit. Nein, sie kamen direkt aus seinem Herzen und sie fühlten sich an wie Tränen, die aus reiner Liebe die Macht der Heilung in sich trugen. Mit einem Mal spürte er, wie in ihm eine unsichtbare Mauer zu bröckeln begann, die er sich zum Schutz gegen den Schmerz und vor der Außenwelt errichtet hatte. Bent sagte ganz leise einen Satz, der nur für seine verstorben Frau gedacht war:

„Ich möchte endlich wieder glücklich sein und ich weiß nun, dass es auch dein letzter Wunsch für mich war!"

Bent stand auf und holte ein Feuerzeug aus der Hosentasche und zündete den zweiten Brief ungelesen an. Er lächelte dabei. Er war sich sicher, dass seine Frau das gewusst hatte.

Bent ging ins Haus. Zwei Dinge waren nun wichtig, die er so schnell wie möglich erledigen musste: Er musste zu Sina und ihr unbedingt sagen, wie verliebt er in sie war und dass er sie nicht verlieren möchte. Aber vorher wollte er zu der kleinen Insel fahren, wo seine Frau auf dem Friedhof ihre letzte Ruhe gefunden hatte. Er hatte noch ein Abschiedsgeschenk für sie. Auch sein alter Herr sollte von ihm persönlich erfahren, dass Bent sich für ein neues Leben entschieden hatte.

Plötzlich fiel ihm ein, dass er nicht mal die Telefonnummer und Adresse von Sina wusste. Beide hatten bei dem traurigen Abschied vergessen, diese Informationen auszutauschen.

Da kam ihm ein Gedanke und er ging schnell in Sinas Zimmer. Vielleicht hatte sie irgendetwas hinterlassen, das ihm weiterhalf. Tatsächlich fand er eine Visitenkarte von der Werbeagentur, in der sie arbeitete. Leider war heute Samstag und so konnte er Sina erst am Montag im Büro erreichen. Hinfahren würde auch nichts bringen, weil das Büro sicherlich nicht besetzt war. Und im Internet fand er unter ihrem Namen weder eine private Telefonnummer noch eine Adresse. So nahm sich Bent vor, ihr jetzt sofort eine E-Mail zu schreiben, dann würde Sina sie gleich am Montag lesen können. Er wollte auf jeden Fall versuchen, sie vorher noch telefonisch zu erreichen.

Seinen Vater wollte er morgen in aller Ruhe besuchen und dann am frühen Montagmorgen das Grab seiner Frau.

Bent war glücklich und euphorisch, als er sich an seinen Laptop setzte und zu schreiben begann:

„Liebe Sina …“

Blau

Den Rest des Tages verbrachte er in gelöster Stimmung mit Fiete und Piet am Strand. Ihm war, als hätte die Sonne seit Jahren nicht mehr so warm und hell geschienen und das Rauschen der Brandung erschien ihm nun auch viel intensiver und schöner. Sie genossen die Sonne und die Hunde tollten in den Wellen oder jagten ihren Bällen hinterher. Schließlich brauchte auch Bent eine Abkühlung und stürzte sich in die Fluten.

Er war ein erfahrener und guter Schwimmer und wusste genau, wie weit er raus durfte. Auch jede Strömung war ihm schon als Kind bekannt. Als er merkte, dass ihm kalt wurde, schwamm er zum Ufer zurück und wurde freudig von seinen Hunden begrüßt. Er legte sich zufrieden und ein wenig erschöpft in den warmen Sand und ließ sich von der Sonne trocknen. Der Hovawart und der Labrador legten sich neben ihn. Er blinzelte durch die Sonne auf das Meer und dachte:

„Wie viel man doch vom Meer lernen kann: Geduldig zu sein und lernen warten zu können, auch wenn es länger dauert. Wichtig ist dabei, mindestens einmal am Tag, einen traumhaften, vollkommenen Moment zu erleben."

Bent blieb noch eine Weile mit seinen Hunden liegen, bis die Sonne seine nasse, salzige Haut getrocknet hatte. Dann zog er seine Kleidung wieder an und sie machten sich auf den Weg zu Ohlsens kleiner Fischerhütte am anderen Ende des Dorfes.

Als Paps Ohlsen seinen Sohn und die Hunde kommen sah, winkte er ihnen freundlich zu. Vater und Sohn umarmten sich freundschaftlich zur Begrüßung und setzen sich auf eine blaugestrichene Holzbank, die Ohlsen extra so platziert hatte, dass sie vom Strand her nicht einsehbar war, ihm aber einen freien Blick auf das Meer ermöglichte. Er nannte die Bank immer seinen Altersruhesitz. Bent erzählte ihm von seiner Entscheidung, und wie sehr er sich in Sina verliebt hatte.

„Gute Entscheidung, mein Sohn, irgendwann kommt der Zeitpunkt des Loslassens. Weißt du, manchmal wenn wir eine neue Reise antreten zu etwas neuem Schönen, dann liegt das Glück nicht immer am Ziel, in den meisten Fällen ist das Glück die Reise selbst", sagte Ohlsen.

Bent nickte zustimmend.

„Erzähl mir noch mehr von Sina. Ich will alles wissen. Von ihrer tollen Tochter Malin habe ich schon eine Menge erfahren."

„Na, ja, so viel weiß ich noch gar nicht. Ich spüre nur tief in meinem Innersten, dass sie die Frau ist, mit der ich den Rest meines Lebens verbringen möchte", erwiderte Bent.

Jetzt nickte Ohlsen.

„Dann lass uns einfach so eine Runde schnacken, mein Junge."

„Eine gute Idee, Paps."

Vater und Sohn hatten sich wie immer viel zu erzählen. Oft ging die Unterhaltung ins philosophische und hin und wieder konnte es Ohlsen nicht lassen, seine Lebensweisheiten einzustreuen.

Als Bent sich nach einigen Stunden verabschiedete, sagte ihm sein alter Herr zum Abschied:

„Schön, dass du morgen noch einmal an der Gedenkstätte vorbeischaust. Bestelle ihr liebe Grüße von mir."

Bent, der schon einige Meter gegangen war, rief zu seinem Vater:

„Das mache ich gerne!"

„Ach, Bent!“

Bent blieb stehen und schaute über die Schulter zurück zu seinem Vater. Der fuhr fort: „Du weißt ja, dass man nur rundum glücklich im Leben sein kann, wenn man manchmal auch mutig ist.“

Bent lächelte seinem Vater zu.

„Ja, das weiß ich. Mach es gut, Paps!“

Er winkte seinem Vater zum Abschied zu.

Auf dem Rückweg konnte er nur an Sina denken. Gleich wenn er morgen von der Gedenkstätte zurück sein würde, wollte er sie anrufen. Dann hätte sie die E-Mail noch nicht gelesen und er konnte ihr alles persönlich erklären. Zu Hause angekommen, ging er sofort ins Bett. Der morgige Sonnenaufgang war für fünf vor fünf berechnet. Für die Hin- und Rückfahrt plante Bent eine Stunde ein. Gegen acht Uhr wollte er wieder da sein, damit er Sina rechtzeitig anrufen konnte.

Voller Vorfreude auf den morgigen Tag schlief er schnell ein.

Hätte er geahnt, was am morgigen Tag passieren würde, wäre sein Schlaf wohl nicht so tief und friedlich gewesen.

Indigo

Bent wurde durch seinen Wecker und die aufgehende Sonne, deren helle Strahlen in sein Zimmer fielen, geweckt.

Er setzte sich einen starken Kaffee auf und sprang, während der Kaffee durchlief, unter die eiskalte Dusche, um schnell munter zu werden. Frühstücken wollte er, wenn er zurückkam. Er verabschiedete sich von Fiete und Piet mit den Worten:

„Passt gut auf, Jungs. Ich bin bald wieder da."

Dann ging er zu seinem Boot, das am Strand lag, und schob es ins Meer. Es war ein traumhafter Morgen. Der Himmel war herrlich klar, nur ein kleines Schönwetterwölkchen war zu sehen. Die Sonne stieg langsam höher und ihre Strahlen glitzerten auf der Wasseroberfläche. Auch die ersten Wasservögel waren schon wach. Einige tauchten im Wasser nach kleinen Fischen, andere wiederum segelten der Sonne entgegen, um sie zu begrüßen.

Bents Boot kam gut voran. Zu dieser Zeit war noch nicht viel los auf dem Meer. Genau so hatte er es auch geplant. Von der halben Stunde Überfahrt hatte er bereits die Hälfte hinter sich gebracht, als er auf einmal fühlte, dass die Luft um ihn immer kühler wurde. Ein kräftiger Wind kam auf und es wurde immer dunkler. Er blickte zum Himmel und sah, dass die Sonne durch riesige schwarze Wolkenberge immer mehr verdeckt wurde. Bent wusste, dass dies nichts Gutes bedeutete.

Er bereitete sich auf einen kräftigen Regenguss vor und dieser ließ auch nicht lange auf sich warten. Erst tröpfelte es nur, dann wurde der Regen immer stärker. Bent fluchte innerlich: Er wusste nur zu gut, dass es hier am Meer schnell passieren konnte, dass das Wetter in wenigen Minuten umschlug. Aber heute hatte er nicht damit gerechnet.

Der Wind wurde immer stärker, er zerrte an den Segeln des kleinen Bootes und drückte es gefährlich auf die Seite, sodass Bent seine ganzen Kräfte mobilisieren musste, um Kurs zu halten. Der Regen und der Wind nahmen immer weiter zu. Bent kniff die Augen zusammen, Regen peitschte ihm ins Gesicht und der Wind nahm ihn den Atem. Plötzlich nahm Bent unweit von sich auf dem tosenden Wasser einen schemenhaften Umriss war.

Als er näher kam, erkannte er vor sich ein kleines

Schlauchboot, in dem eine Frau und Mann saßen. Bent ärgerte sich über diese unvernünftigen Touristen, die schon so früh ganz allein rausfuhren, ohne zu wissen, wie gefährlich die Nordsee sein konnte. Doch dann hielt er inne und sah genauer hin. Der Mann im Boot hatte zwei Rettungsringe über die Reling geworfen. Sie schwammen tanzend auf den Wellen und Bent erkannte mit wachsendem Entsetzen, dass in ihrer Nähe zwei kleine Kinder, die im Wasser hilflos hin- und hertrieben, immer wieder vergeblich versuchten, die Ringe zu fassen. Sie wurden immer weiter vom Boot abgetrieben.

Die Frau versuchte mit dem Paddel, das Boot immer wieder auf Kurs der Kinder zu bringen. Aber sie kam gegen die Macht der Wellen nicht an. Der Mann streckte den Arm aus und rief den Kindern Anweisungen zu, die im Sturm einfach weggeweht wurden. Bent musste etwas unternehmen. Der Mann durfte nicht hinterherspringen, allein würde seine Frau ihn nicht mehr wieder ins Boot ziehen können und ihm würde schnell die Kraft dazu fehlen, wenn er erstmal in den Wellen trieb. Ohne lange zu überlegen, sprang Bent in die tosenden Fluten. Bent wusste, dass es jetzt sehr schnell gehen musste, sonst würde die Strömung die Kinder einfach aufs offene Meer hinausziehen und sicherlich würden sie bald die Kraft verlieren, sich noch über Wasser halten zu können.

So schnell er konnte, kraulte er zu den Rettungsringen und zog sie zu den Kindern, die voller Panik und Angst um Hilfe riefen. Bent kämpfte sich inzwischen durch meterhohe Wellen zu den Kindern. Als er sie erreicht hatte, blieb er ganz ruhig, damit die Kinder nicht noch in mehr Panik gerieten. Er legte den beiden die Rettungsringe um und sagte, sie sollten sich an seiner Schulter festhalten. Der Wind peitschte durch das Wasser und eine Welle kam auf die drei zu.

„Haltet euch ganz fest bei mir", schrie er den Kindern zu.

Die Welle brach sich über ihnen und Bent schwamm so schnell er konnte mit den Kindern in Richtung des Schlauchbootes. Es kostete ihn unglaublich viel Kraft, aber endlich erreichten sie das Boot. Bent reichte erst das eine Kind den Eltern, dann das zweite. Als er sich überzeugt hatte, dass die beiden sicher an Bord waren und alle nun Rettungswesten trugen, machte er kehrt und wollte zu seinem Boot zurückschwimmen. Das Dankeschön der Eltern konnte er im Getöse des Sturmes nicht mehr hören. Besorgt bemerkte er, dass sein Boot durch den Sturm schon ein wenig abgetrieben war. Er mobilisierte seine letzten Kräfte und kraulte in Richtung seines Bootes. Das Wetter schien sich ein wenig zu beruhigen und Bent schwamm nun langsamer. Er wollte kurz einmal durchschnaufen. Doch auf einmal setzte der Wind wieder ein und blies und blies. Es bildeten sich riesige Wellen. Bis zum Boot waren es noch einige Meter. Bent wusste, dass es sehr eng werden würde. Er gab alles. Er schwamm so schnell, wie er noch nie geschwommen war. Fast hatte er das Boot erreicht, da baute sich plötzlich wie aus dem Nichts eine riesige Welle direkt vor ihm auf.

In diesem Moment war Bent klar, dass er es nicht schaffen würde. Er dachte an Sina, Malin, seinen Vater und an Piet und Fiete. Dann begrub ihn die Welle und die Strömung riss ihn mit sich. Nur wenige Augenblicke später war alles vorüber. Das Meer beruhigte sich. Der Regen wurde weniger, der Wind flaute ab und die Sonne schien wieder. In diesem Moment erschien am Himmel ein Regenbogen, der heller leuchtete als je ein Regenbogen zuvor.

Doch Bent konnte ihn nicht mehr sehen. Er war in den Weiten des Meeres verschwunden, das nun wieder ruhig und still dalag, als wäre nichts passiert.

Violett

Am Montagmorgen saß Sina nach ihrem Kurzurlaub an ihrem Schreibtisch im Büro und schaltete ihren Computer ein, um ihre E-Mails zu lesen.

Ein Kollege schaute zur Tür herein und wünschte ihr einen guten Morgen. Dann sagte er: „Braun bist du geworden. Dann war der Urlaub schön?“

Sina nickte und antworte: „Ja, der Urlaub war sehr schön. Aber nicht wegen der Bräune.“

Sie grinste ihren Kollegen an.

Von dem kam nur ein kurzes:

„Ah, okay.“ Dann war er auch wieder verschwunden.

Sina schaute gedankenverloren aus dem Fenster. Bis vor kurzem hatte sie den Blick über die Skyline der Großstadt noch geliebt. Sie blickte nach unten und sah zahlreiche Menschen, die hektisch über die Gehwege eilten. Sie beobachtete, wie sie aneinander vorbeigingen, ohne Notiz voneinander zu nehmen. Die Augen meist auf das Smartphone in der Hand gerichtet oder sie waren am Telefonieren. Nicht einer, der stehenblieb, um sein Gegenüber zu grüßen. Sina war nur eine Woche im Urlaub gewesen und doch hatte Bent und sein bodenständiges, ruhiges Leben ihre Augen für solche Momente geöffnet. Früher wäre ihr das nie aufgefallen. Schlimmer noch, sie war ein Teil dieser Menschen. Sina hatte das ganze Wochenende an Bent gedacht und inständig gehofft, er würde sich melden. Sie vermisste ihn so sehr, aber sie wollte ihm die Zeit geben. Ihr Herz sagte ihr, dass Bent ein Teil von ihr war. Sie wollte lernen, großzügig mit ihrer Zeit und ihrer Liebe zu Bent umzugehen.

Sina drehte sich mit ihrem Stuhl in Richtung Arbeitsplatz und begann, die Mails durchzusehen. Bei der dritten begann ihr Herz, wie wild zu schlagen. Sie war von Bent. Sie konnte sie gar nicht schnell genug öffnen. Es war eine kurze Nachricht mit einem wunderschönen Foto von einer Herzmuschel im Sand.

Aufgeregt begann sie zu lesen:

„Liebe Sina,

bevor ich dich traf, hatte ich verdrängt, wie schön es ist, sein Leben mit jemanden zu teilen. Wie wichtig es ist, dass man lernt, gut mit der Zeit umzugehen, die einem bleibt. Egal wie. Sei es ein Sonnenaufgang, den man betrachtet oder das Lachen eines Kindes. Es ist das Innehalten an jedem Tag, um die kleinen Wunder des Lebens zu bestaunen. Ich habe durch dich mein Glück und meinen Seelenfrieden wiedergefunden. Du bist für mich wie das Glitzern des Meeres. Mein Stern, der mich nach Hause leitet und die Sonne, die mein Herz jeden Tag mit Licht durchflutet. Ich liebe dich aus der Tiefe meiner Seele und mit meinem ganzen Herzen, das dich immer so sieht, wie du bist.

Dein dich liebender Bent"

Als Sina die letzte Zeile gelesen hatte, füllten sich ihre Augen mit Tränen und sie hatte einen dicken Kloß im Hals. Ihr sehnlichster Wunsch war wahr geworden. Sie wischte sich eine Träne aus dem Augenwinkel. Bent hatte die Dämonen der Vergangenheit besiegt.

Die Schmetterlinge in ihrem Bauch wirbelten wild durcheinander. Er wollte sein Leben mit ihr verbringen. Eine Weile saß sie wie erstarrt da, die Hände auf den Mund gelegt, den Blick starr auf den Monitor ihres Computers gerichtet. So fühlte es sich also an, wenn Träume in Erfüllung gingen! Eine Welle des Glücks und der Dankbarkeit durchströmten sie und rissen sie aus ihrer Erstarrung. Ja! Bent war die Liebe ihres Lebens und sie die seine. Sina brauchte gar nicht überlegen, was sie machen wollte. Sie griff zum Telefon, rief ihren Chef an und teilte ihm mit, dass bei ihr zu Hause etwas passiert war und sie sofort ihren ganzen Jahresurlaub dafür nehmen müsste. Es war noch nicht mal gelogen, denn es war etwas ganz Besonderes für sie und Malin. Ihr Chef willigte aufgrund der Umstände ein und Sina verließ so schnell sie konnte das Büro.

In ihrem Kopf reifte bereits ein Plan: Malin hatte noch vier Wochen Sommerferien und diese Zeit wollte Sina mit ihr und Ava bei Bent verbringen. Als Sina zu Hause ankam, erzählte sie ihrer Tochter von der Idee. Malin jubelte laut los und auch Ava wedelte vor Freude.

„Wann wollen wir los, Mama?“

„Sobald wir alles eingepackt haben. Los geht's“, antwortete sie.

Die Koffer wurden im Rekordtempo wieder gepackt und im Auto verstaut und dann ging es zurück in Richtung Nordsee.

Sina und Malin konnten es beide nicht erwarten und Sina malte sich in den schönsten Farben aus, wie es sein würde, Bent endlich in ihre Arme zu schließen.

Woher sollten sie auch wissen, was sich an der Nordsee vor wenigen Stunden ereignet hatte …

Bis zum Ende des Regenbogens

Am späten Nachmittag trafen Sina und Malin bei Bents Haus ein. Sie stiegen aus und wunderten sich, warum keine Hunde da waren, um sie zu begrüßen. Nicht mal Fiete und Piet waren zu sehen. Sie gingen ins Haus und riefen nach Bent. Doch es kam keine Antwort. Sie gingen um das Haus herum, doch auch da war niemand. Auf einmal begann Ava, wie wild zu schnüffeln.

„Mama, Ava hat eine Spur aufgenommen. Lass uns ihr folgen."

Die beiden folgten Ava, die den Sandweg Richtung Meer lief. Sie wurde trotz ihres Hinkebeines immer schneller und dann entdecken Sina und Malin Ohlsen. Er saß zusammengesunken auf dem Rand von Bents Boot. Piet und Fiete lagen zu seinen Füßen. Als die Hunde die Neuankömmlinge bemerkten, kamen sie langsam auf die drei zu. Ava wurde mit einem kleinen Schwanzwedler begrüßt und Mutter und Tochter mit einem leisen, kurzen Bellen. Davon wurde Ohlsen aufmerksam. Als Bents Vater die beiden sah, stand er auf und ging langsam auf sie zu.

Als er näher kam, konnten sie sehen, dass Ohlsen geweint hatte. Seine Augen waren rot und das sonst so freundliche Gesicht war grau und leer. Er wirkte, als sei er um Jahre gealtert. Sina schaute sich nach Bent um. Aber sie konnte ihn nicht sehen und in ihr stieg eine schlimme Ahnung auf.

„Wo ist Bent?“, fragte sie mit zitternder Stimme.

Ohlsen sah Sina traurig und verzweifelt an und sagte dann tonlos:

„Er wird vermisst seit heute Morgen!“

„Wie, was ist passiert?“, stammelte Sina entsetzt. Ihr war eiskalt und ihr Verstand weigerte sich, Ohlsens Worten zu glauben. Das war völlig unmöglich. Das konnte nicht wahr sein! Das durfte nicht wahr sein! Er hatte ihr doch diese Mail geschrieben. Jetzt sollte doch alles gut werden.

Ohlsen ging auf Sina und Malin zu und nahm beide ganz fest in den Arm.

„Lasst uns setzen“, sagte er.

Mit zitternden Beinen setzten sie sich neben ihn und er erzählte ihnen mit tränenerstickter Stimme von dem heutigen Morgen und dem plötzlichen Unwetter. Sina hörte sich das alles an. Doch drangen die Wörter immer noch nicht zu ihr durch. Der Schock, den sie gerade erlitten hatte, ließ kein klares Denken zu. Nach einigen Minuten hatte sie sich wieder besser im Griff: „Und was passiert jetzt?“, wollte sie wissen.

„Die ganzen Seenotretter unseres Dorfes suchen nach Bent. Sein Boot haben sie schnell gefunden und hierher gebracht. Aber keine Spur von Bent.“

Ohlsen fuhr mit tonloser, schmerzerfüllter Stimme fort:

„Wir müssen uns damit abfinden, dass Bent heute vielleicht nicht mehr gefunden wird. In einer Stunde werden sie die Suche abbrechen.“

„Was heißt das genau?“, wollte Sina wissen.

Ohlsen musste schlucken und seine Augen füllten sich erneut mit Tränen, als er den unvermeidlichen Satz sagte:

„Dass mein Sohn tot ist!“

Malin und Sina schauten Ohlsen entsetzt an.

Sina sackte in sich zusammen und stieß einen lauten Schrei der Verzweiflung aus. Man konnte genau hören, dass ihr Herz gebrochen war. Alle drei weinten und hielten sich gegenseitig im Arm, während die Wellen rauschten, als wäre nichts geschehen.

Sie saßen wohl Stunden so da und schauten voller Schmerz auf das Meer, das ihnen Bent entrissen hatte. Die Welt hatte aufgehört sich zu drehen. Von einem Moment auf den anderen war alles zusammengestürzt. Ohne Vorwarnung. Ohne Hoffnung. Ohne Trost. Auch Fiete, Piet und Ava spürten diesen Schmerz. Sie hatten sich an Bents Boot zurückgezogen und trauerten dort auf ihre Weise.

Langsam ging die Sonne unter. Es war ein wunderschöner Sonnenuntergang. Genau wie Bent ihn geliebt hätte. Keiner von den dreien wollte gehen. Wohin auch? Bents Haus war leer und kalt ohne ihn. Plötzlich wurde Fiete unruhig. Er ging einige Meter vor und reckte seinen kräftigen Körper Richtung Düne. Piet und Ava sprangen auf und taten es ihm nach.

„Was ist los, Fiete?"

Ohlsen schaute ihn fragend an und Fiete erwiderte den Blick und fing tief an zu bellen. Dann richtete er seinen Kopf wieder zur Düne. Die untergehende Sonne ließ ihn wie einen mächtigen Löwen erscheinen, der seine Beute fixiert. Eine kleine Weile stand er nun schon so da, während Piet und Ava sich wieder hingelegt hatten, aber dabei auch die Düne fest im Blick behielten.

Auf einmal bellte Fiete wie verrückt los und sein Schwanz wollte gar nicht aufhören zu wedeln. Freudig bellend stürmte er in Richtung Düne. Ohlsen, Sina und Malin schauten ihm überrascht nach.

Im Kreise der untergehenden Sonne konnte man die Umrisse eines Menschen erkennen, der die Düne langsam herunterlief. Sie sahen wie Fiete den Menschen erreichte und nicht aufhören wollte zu jaulen. Er sprang an ihm hoch und drückte sich gegen ihn. Sina stand auf und versuchte, mehr zu erkennen, doch noch war die Gestalt zu weit weg. Sie hörte wie Herz lauter schlug und dann wusste sie es einfach:

„Bent! Bent, wir sind hier!“

Die Weisheit des Regenbogens

Sina stürmte der Gestalt entgegen. Auch wenn sie ihn noch nicht deutlich erkennen konnte, wusste sie: Es war Bent! Ihr Herz hatte ihn längst erkannt. Als sie ihn erreicht hatte, gingen die Hunde beiseite und sie fielen sich in die Arme. Bent, der völlig erschöpft war, ging zusammen mit Sina in die Knie. Sie hielten sich gegenseitig so fest, wie es nur möglich war. Sina gab Bent den ersten langen Kuss, nach dem sie sich so sehr gesehnt hatte. Sie streichelte Bent über das Haar und nahm sein Gesicht in die Hände.

„Ich dachte du wärst tot!“, flüsterte Sina schluchzend in Bents Ohr.

Erschöpft, aber glücklich, antwortete Bent:

„Das war heute wirklich knapp. Aber irgendjemand da oben oder auch hier unten wollte nicht, dass meine Zeit schon gekommen ist!“

In der Zwischenzeit hatten auch Malin und Ohlsen die beiden erreicht. Voller Glück stürzte sich Malin auf Bent und ihre Mutter und umarmte die beiden.

Ohlsen hörte man nur erleichtert lachen. Es musste ganz tief aus seiner Seele kommen, so wie es sich anhörte. Immer wieder sagte er zu sich selbst und manchmal auch zu den Hunden: „Mein Junge ist doch ein Teufelskerl!"

Mehr fiel ihm vor Freude und Erleichterung wohl nicht ein.

Als sich die große Wiedersehensfreude ein wenig gelegt hatte, wollten natürlich alle wissen, wie Bent das überstanden hatte.

Von Sina eng umschlungen begann er zu erzählen: „Als mich die Welle erwischte und mich mitgezogen hatte, dachte ich, es ist vorbei. Ich schätze, ich war ungefähr zwei Minuten unter Wasser. Länger hätte ich es auch nicht geschafft, die Luft anzuhalten. Ich tauchte wieder kurz auf und konnte schon die kleine Insel sehen. Aber es waren bestimmt noch drei Kilometer, die ich schwimmen musste und ich war mit meinen Kräften am Ende. Mein Boot war durch den Sturm weit abgetrieben wie auch das Boot der Familie. Also blieb mir nichts anderes übrig, als die letzten Kraftreserven zu mobilisieren. Zum Glück hatten Sturm und Regen aufgehört. Ich schwamm also in Richtung Insel. Nach einigen Minuten bekam ich meinen ersten Krampf im linken Bein, zwei Minuten später im rechten Bein. Es war mir fast unmöglich, noch zu schwimmen. Ich schaute nach oben, um noch einmal die Sonne zu spüren, bevor es mich in die Dunkelheit ziehen würde und dann sah ich ihn:

Es war der schönste Regenbogen, den ich je in meinem Leben gesehen hatte. Seine Farben waren so außergewöhnlich und ich hatte das Gefühl, dass er nur für mich leuchtete. Aber das kann auch an meiner fehlenden Kraft gelegen haben. Auf jeden Fall nahm ich es als großes Geschenk an, noch einmal diesen wunderschönen Regenbogen zu sehen. Ich erinnerte mich der Worte meiner verstorbenen Frau, die wie ich Regenbogen liebte. Sie sagte mir kurz vor ihrem Tod, als ich sie in meinem Armen hielt und wir gemeinsam am Strand das letzte Mal gemeinsam einen Regenbogen anschauten:

„Stell dir einfach mal vor, der Regenbogen wäre menschlich. Was hätte er wohl alles zu erzählen? Lass uns doch damit anfangen, jedem Regenbogen, den wir sehen, als ein wundervolles Wesen zu betrachten, das uns immer wieder Hoffnung in schlechten Zeiten gibt. Wir werden keine Lebewesen auf der Welt treffen, die so viel Weisheit in sich tragen. Schau ihn dir genau an. Ist er nicht herrlich? Ich

weiß jetzt, dass die Weisheit des Regenbogens ganz oft in der Einsamkeit sichtbar wird, manchmal auch in den dunkelsten Stunden. Dann sollten wir seine bunten Farben nehmen und wunderbare neue Träume damit in unser Leben malen. Und sein strahlendes Licht mit der Tiefe unserer Herzen verbinden."
Bent musste kurz durchatmen. Dann erzählte er weiter.

„Genau das habe ich getan. Ich habe meinen Kopf ausgeschaltet, die Erschöpfung und Schmerzen verdrängt und bin weiter geschwommen. Immer die Farben des Lebens vor Augen und auf die Stimmen meines Herzens hörend. Und die Stimmen ward ihr, alle meine geliebten Menschen. Ihr habt mich immer angespornt, nicht aufzugeben und das habe ich auch nicht gemacht. Irgendwann kam ich auf der Insel an. Völlig ausgepumpt und erschöpft habe ich mich dort in eine Sandkuhle gelegt und bin eingeschlafen. Daher konnte mich auch keiner finden. Als ich wieder wach wurde, fuhr gerade Hansen mit seinem alten Fischkutter vorbei, der hat mich mit ans Festland genommen."

Bent schaute Sina liebevoll an und sagte zu ihr:

„Ich bin auf die Insel gefahren, um für mich den

letzten Schritt zu machen. Ich wollte meiner verstorbenen Frau noch einmal meine ganze Wertschätzung geben. Und das habe ich vorhin auch gemacht. Ich habe ihr gesagt, dass ich eine wunderschöne, liebevolle Frau mit einer wunderbaren Tochter kennengelernt habe und mit ihnen als Familie zusammenzuleben möchte. Ich weiß inzwischen, dass sie nichts anderes für mich wollte. Zum Abschied habe ich ihr meinen Ehering auf den Grabstein gelegt."
Sina und Malin hatten Bent genau zugehört. Malin setzte sich zu den beiden und die Familie hielt sich gegenseitig fest.

Ohlsen blickte gerührt auf seine neue Familie und dem alten Herrn liefen schon wieder einige Tränen über die Wange. So viele wie heute, hatte er noch nie geweint. Fiete, Piet und Ava schauten sich derweilen ebenfalls ihre neuen und alten Familienmitglieder an und gaben mit einem lauten Wuff ihre Zustimmung. Inzwischen standen funkelnde Sterne am Himmel und der Mond leuchtete in seiner ganzen Pracht. Man konnte das friedvolle Rauschen des Meeres hören und der warme Sommerwind strich durch ihre Haare. Wenn man genau hinhörte, konnte man den Wind und das Meer flüstern hören:

„Nimm dir deine Zeit und sei stets großzügig mit ihr. Halte es genauso mit deinem Leben, aber erst recht mit der Liebe.“

Außerdem erschienen im
KoRos Nord Verlag:

Jando
„Im Himmel gibt es einen Bahnhof“

„So erkenne, dass der schönste Weg der Dunkelheit zu entfliehen, die Liebe ist. Allein sie vermag die Herzen der Menschen zu öffnen.“

Ein Mann sitzt allein und verlassen auf einer Bank am Meer. Er weiß nicht, wer er ist und wie er dort hingekommen ist.
Da begegnet ihm Maja und erzählt ihm die Geschichte einer jungen Familie, einer großen Liebe und eines tragischen Unglücks. In einer Welt zwischen Leben und Tod, zwischen Realität und Fantasie kämpft der Mann ums Überleben für sich und seine Familie.
Ein fantastisches modernes Märchen, das zeigt, wozu die unerschütterliche Kraft der Liebe fähig sein kann.

Jando ist ein moderner Geschichtenerzähler für Jung und Alt, Groß und Klein. Dabei lenkt er den Blick auf das, was wirklich wichtig im Leben ist: Liebe, Freundschaft, Hoffnung. Und dass alles möglich werden kann, wenn wir fest an unsere Träume glauben.

-BILD-

KoRos Nord Verlag; ISBN 978-3945908075
Auch als Hörbuch erhältlich

Jando
„Die Chroniken der Windträume“

„Früher einmal glaubte man, wenn jemand stirbt, dass der Wind seine Seele in das Reich der Toten begleitet. Aber manchmal, nur manchmal bringt der Wind die Seele zurück, um geliebten Menschen noch einmal nahe zu sein und um ihnen in ihren größten Ängsten und Nöten beizustehen – um sie an ihre Träume zu erinnern ...“

Tom und sein Sohn Jan stehen in unterschiedlichen Jahrzehnten am Scheideweg ihres Lebens. Der Verlust eines geliebten Menschen hat ihnen ihre Träume und Hoffnung genommen. Die Begegnung mit dem Herrn der Winde an ihrem Zufluchtsort am Meer zeigt ihnen Wege auf, ja sagen zu lernen zu ihren Träumen, aber auch ja zu Liebe und Schmerz. Doch müssen sie erst einmal lernen, dass selbst das Abschied nehmen, der Beginn einer neuen fantastischen Reise sein kann. Eine Reise voller Trauer, Hoffnung und Liebe und über die magische Entstehung von Sternschnuppen.

KoRos Nord Verlag; ISBN 978-3945908075
Auch als Hörbuch erhältlich

Jando
„Traumflieger – Lena schreibt Briefe an Gott“

„Es gibt Zeiten im Leben, in denen man Vergangenes ziehen lassen muss, um dem Glück eine neue Chance zu geben.“

Lena und Lasse sind dicke Freunde, die viel Spaß miteinander haben. Dann wird Lasse immer trauriger und dem Mann im Mond bricht es das Herz. Der Himmel verfinstert sich, anhaltende Dunkelheit droht.
Lenas Hoffnung sind Superhelden, die der Himmel schickt. Jedoch erfährt sie von der Taube Anastasia, dass sie und Lasse auserkoren sind, dem Mann im Mond zu helfen. Gemeinsam mit Lenas Hund Benny Buxbeutel und Schmusewal Schnorchi erleben die Kinder spannende Abenteuer.
Sie entdecken, dass im Leben alles möglich ist, wenn sie den Stimmen ihrer Herzen folgen.

Eine poetische Geschichte mit zeitlosen Botschaften.

Jando
„Sternenreiter – Kleine Sterne leuchten ewig“

„Wenn wir anfangen, auf unser Herz zu hören, werden wir Dinge im Leben erkennen, die uns unvorstellbar erschienen.“

Mats glaubt nicht mehr an seine Träume – zu sehr ist er daran gewöhnt, in der Arbeitswelt zu funktionieren. Auch seine Frau Kiki erreicht ihn nicht mehr. Bis es zu einem Ereignis kommt, das Mats zwingt, innezuhalten. Ein kleiner Junge hilft ihm dabei, die Welt mit anderen Augen zu sehen und sein Leben neu zu gestalten. Dass man heute noch an Wunder glauben kann, davon erzählt Jandos modernes Märchen „Sternenreiter“, eine poetische Erzählung für Jugendliche und Erwachsene. Ein Buch über Freundschaft, Menschlichkeit und die Verwirklichung von Träumen.

KoRos Nord Verlag; ISBN 978-3-9814863-1-5
Auch als Hörbuch erhältlich

Antjeca
„Kunterbuntes fürs Herz“

Ein kleines Mutmachbüchlein mit vielen fröhlich-bunten Bildern und liebevollen Gedanken, die zum Nachdenken einladen oder auch einfach nur Freude bereiten dürfen. Mit 15 kunterbunten Illustrationen der Künstlerin

KoRos Nord Verlag; ISBN 978-3-9814863-8-4